八四医院

王鹏骄 著

江苏大学出版社
JIANGSU UNIVERSITY PRESS

镇 江

图书在版编目(CIP)数据

八四医院 / 王鹏骄著. — 镇江:江苏大学出版社,
2020.7
 ISBN 978-7-5684-1403-6

Ⅰ. ①八… Ⅱ. ①王… Ⅲ. ①长篇小说－中国－当代
Ⅳ. ①I247.5

中国版本图书馆 CIP 数据核字(2020)第 135520 号

八四医院
Basi Yiyuan

著　　者/王鹏骄
责任编辑/李经晶
出版发行/江苏大学出版社
地　　址/江苏省镇江市梦溪园巷 30 号(邮编:212003)
电　　话/0511-84446464(传真)
网　　址/http://press.ujs.edu.cn
排　　版/镇江市江东印刷有限责任公司
印　　刷/句容市排印厂
开　　本/710 mm×1 000 mm　1/16
印　　张/11.5
字　　数/160 千字
版　　次/2020 年 7 月第 1 版　2020 年 7 月第 1 次印刷
书　　号/ISBN 978-7-5684-1403-6
定　　价/42.00 元

如有印装质量问题请与本社营销部联系(电话:0511-84440882)

CONTENTS / 目录

PRIMER **/** 引子

寒风凛冽，沙尘卷起烧焦的旗帜。

沙砾间残垣断壁的木椽升腾着颓败的青烟。

几具还没有完全被碎石残木掩埋的尸体上盘旋着几只觊觎许久的秃鹫，发出阵阵瘆人的嘶鸣。尸体上被刀枪刺杀的伤痕分外刺目，流淌的鲜血染红了焦土。

远处，厮杀呐喊声不绝于耳，或许明天晨起又会多出几万具尸体。近处，面庞满是划痕与烟灰的稚嫩少年，在废墟间拼命地扒拉着。

好不容易从死人堆里辨出母亲的样貌。

小心地贴合肩头，艰难地匍匐着前行。

他似乎早已忘却了哭泣，机械而麻木地不停向前。

空气中飘散着阵阵恶臭，几乎要夺去人的呼吸。

阴风怒号，似要唤醒死去的冤魂。

"赶紧撤退！撤退！"

少年耳畔忽而响起一句厉声提醒。

几乎同时，一颗炮弹在他身旁炸裂。

少年径直昏厥了过去……

PART ① 第1章

医　线

上午十时许，正是京州市内各大医院就诊的高峰期。此刻的汉东大学附属医院内却堆满了花圈，言辞激烈的讨伐横幅和黑绸装裱的遗照横放在医院大门入口，严重挤占走道，让前来就诊的患者不得不掩面收腹侧身前行，抑或是临时调转初衷，改选别的医院。

　　"扯淡！一个胆囊手术也能死人？你们怎么搞的?!"

　　戴着金丝边眼镜的院长，一改往日的谦和儒雅，指着大外科主任的鼻子怒言相向。

　　"院长，说来话长……"

　　大外科主任下意识地抬起手背，擦拭被病患家属掌掴得青紫的唇角，满面的艰涩委屈。

　　"不要说了！等院庆结束再找你们算账！"院长狠瞪了大外科主任一眼，怒不可遏道。

　　"不用等了，这是我的辞职信，您签个字吧！"

　　大外科主任将口袋里揉成一团的纸笺缓缓地展开摊平，递了上去。

　　"好，我同意!"

院长接过信，直接撕成碎片，大步流星地下了楼。

才从三楼走到一楼大厅，医患调解办主任便追了上来，拦住了焦头烂额的院长。

"院长，病人家属索赔一百万！不然不撤花圈遗像！纸钱烧得整个医院乌烟瘴气，严重影响就诊秩序！保卫科已经报案，不过派出所还没有出警，您发个话吧……"

"院长，这是医院五十八个主管护师的离职申请，还有急诊科十个住院医师的离职申请，户籍多是本地的，还有少量来自周边地区……"

医患调解办的事情还没给出解决方案，人力资源部主任也奔过来搅局。

"我都同意！现在就签！不过，得等院庆结束，再公布！"

院长的表情平静得出奇，在一楼的接待处台面上笔走龙蛇地签完，直奔院庆礼堂。

远远地，就可以看到院庆的火红旌旗在迎风招展。

"热烈庆祝汉东大学附属医院建院 75 周年""欢迎各位领导专家校友莅临指导"红底金黄的宋体字，在五月的艳阳下金光璀璨，仿佛在昭示着医者们的赤诚胸怀与医院的金色未来。

才进礼堂，一众医护人员就将他团团围住。

放眼望去，远不止先前那五六十个人，还有个年纪不轻的副主任医师也来凑热闹。

"院长，平时也难得见到您，我们申请辞职！"

"为什么？"

"我为医院服务了快 30 年，没功劳也有苦劳，可工资奖金始终不见涨。年轻人的上升通道更是不用提了，被压得死死的，甚至最低的低保奖金只有 400 块！这可是三甲医院，不是江湖诊所！这可是 2010 年！不是 1990 年！还有，我这样一个近 50 岁的医院老杆子，还租着房，说出去真嫌丢人！"

"周副主任说得对！我也工作了十多年，除了待遇低之外，更重要的是没地位。虽说我入院时是大专，但经过多年努力，早已是在职博士毕业，而今还是合同制！这……这像话吗？"

"……"

院长确实有些应接不暇。

待遇问题找他，或许是对的。

但编制问题归汉东大学管理，苛责他，的确有些说不过去。

坐在主席台上的汉东大学党委书记，忍不住向他投来一丝同情的目光。

今天，校长去教育部谈技术孵化的工作，书记代为参加医院的庆祝大会。

没想到，这院庆大会却更像是一场批斗会。

"一百万就算了？！哪里那么便宜！一条鲜活的人命呢？！"

听到吵嚷声袭来，院长忍不住闭上了眼睛。

感觉自己整个身体，都被推搡着向前移动。

这时，脑海里不停地浮响起夫人曾经的告诫："唉，做什么院长啊！弄不好，都要被架在烧烤架上烟熏火燎。安安稳稳做个医生，有哪里不好呢？"

当初的逆耳箴言，如今看来真是来得睿智、来得前瞻。

然而，事已至此，最不能逃脱现状的人就是他这院长了！

此刻的他，感觉自己就像刘慈欣笔下那颗被放逐的"流浪地球"，求生不能求死不得。

一滴泪在眼眶里打转，他硬是没让它滚落下来。

这时，他看到宣传科长扶着一位身穿旧军装的耄耋老人，走上了发言席。

刘……刘解放？！

院长顿时认出了这个相貌清瘦却精神矍铄的老者。

三年前，老者儿子与他竞争院长。

今天，这老头过来，不会是要倚老卖老，出他的洋相吧？

站在台下的院长面露惊诧，像是一只突围不了藩篱的鸟雀。

"静一静！静一静！请大家给我这个九十岁老头一点儿面子。按照医院历史来讲，院长还算是我学生，大家可以将针对他的恩怨来针对我！他已经做得非常出色，很多问题不是他的原因！汉东大学附属医院能走到今天，用你们年轻人的话说叫'戴着脚镣的舞者'，要跳得欢畅跳得优雅，谈何容易！汉东大学的前身曾是一所雄冠亚洲的百年高校，这么多年沦落到了何等地步？医院作为汉东大学不可分割的一部分，其千疮百孔的现状，与母体学校应该不无关系吧……"

听闻他中气十足的说辞，院长稍稍舒了一口气。

出乎意料的，不是弹劾他，甚至还在为他辩白，其中对于汉东大学的批评竟毫不掩饰。

现场换成任何一个人，都不敢这样胆大妄为、口无遮拦吧，可老头子似乎没什么不敢说的。

"当年，我们工作的时候，评职称还不兴 SCI 论文那一套。不过，我倒是不觉得有什么不妥。讲究科学、适者生存、用数据说话，挺好的！来之前，我可是特别调查过，你们谁也别想从我这里溜掉！刘……刘汉东在吗？"

"在！"

"刘汉东，1990 年生，汉东医科大学毕业，临床医学本科，医学学士，急诊科住院医师。"

"这……"

"没说错的话，你爷爷叫刘北平！1949 年 4 月 24 号凌晨 3 点左右，我给他做过脾脏摘除和肋骨手术。你们家当时被炸了，一家子都埋在废墟里……"

"啊！这……"

礼堂外，窸窸窣窣。

让静得鸦雀无声的会堂，突然多了几分不和谐。

"你们一帮'白狼'忆苦思甜，关我们屁事！快点赔钱！我们好去打理后事。"

尖刻刺耳的话语，汹涌着袭向主席台。

"后面几个闹事的！我明确告诉你们，职业医闹是违法的！领头的那个，朱海伟，你舅舅陈不凡，是当年敌控区一个菩萨心肠的药铺郎中，1943 年，不巧，腿被鬼子的地雷炸了，实在保不住就在咱们医院做了截肢手术，才算捡回了一条命。唉！你舅舅的脸啊，都让你给丢尽嘞……"

"呃……"

还没等老者继续说下去，躲在后面嚷嚷着要赔钱的人群，悄然识趣地四散开了。

"今天，是汉东省京州市汉东大学附属医院建院 75 周年的喜庆日子。没什么好说的，作为一个拥有 61 年党龄的老党员，我刘解放想跟大家聊聊我们汉东大学附属医院的光辉历程！烽火连天的解放前夜，医院前身解放军第八十四陆军医院的战地军医们正不分昼夜地抢救着炮火中的军民……"

不知何时，大外科主任也随着人流进入医院礼堂，除了实地感受了一场别开生面的爱国主义政治课之外，更是点燃了一帮老油条们久违的热血激情！掀起了潘西小杆子们内心情感的巨浪……

院庆空前的成功。

京州市内各大报纸和网站的头版头条，都报道了这家历史悠久的医院院庆的消息。

平日里仅将附属医院当作普通院系看待的校长大人，在机场报纸上看到对医院热火朝天的新闻报道后，不禁将蹙眉、沉思、惊诧、展颜这组不连贯的动作，一气呵成地完成了。

刚下飞机的他，丢开前来接机的秘书，笑容可掬地给汉东大学附属医院的陈光明院长挂起了电话。

这一挂可不要紧，一炷香的时间一晃而过。

秘书特地给校长准备的养胃普洱茶，都彻底地凉了个透。

看得出来，校长对附属医院的态度来了个 180 度的大转变。

电话里，陈光明不失时机地提出诸如医院扩建、设备购置、人才待遇提升、公派出国名额增加等过去想都不敢想的要求，这一刻，谢鹏程校长嘴里频率最多的词汇，除了同意还是同意。

挂了电话的陈光明，颇有些难以置信。

他无法确认校长是不是在说酒话。

在仔细听了多遍之后。

从对方逻辑清晰的措辞可判断，这些话，与辣喉的五粮液没什么瓜葛，倒是透着农夫山泉般的清冽甘甜。

往常对附属医院不咸不淡的校长大人，今天破天荒地柔情蜜意了起来。

这着实令陈光明措手不及。

"谢校长，现在回家吗？"

"不，不回家，直接去医院！"

"去医院？谢校长莫不会胃病又犯了？"

"不关这个事！我好得很！直接去汉东大学附属医院！"

"好！"

见校长临时改变主意，秘书听从吩咐直接让车子调转了方向。

夜幕下的机场高速公路。

一辆黑色的红旗轿车抛着霓虹般的绚丽光影，载着这位国内著名大学的校长朝京州市区疾驰而去。

谢校长的座驾没有直接开进汉东大学附属医院的停车坪，而是按照他的要求停到了医院门口的停车场。秘书有些不解，直到看见谢校长出现在急诊科门口，他才顿时明白了校长的用意。

医院门口，时不时有120急救车疾驶而入。

整个医院一片忙碌景象。

秘书暗想自己没记错的话，距离校长上次暗访医院不过才一个月的时间。

当时的门可罗雀与如今的门庭若市，这对比也就在转瞬之间。

秘书下意识地拽了下校长的夹克衫衣袖，示意他躲开一些，免得被火速推向抢救室的转运床撞到。

谢校长并没有在意秘书的提醒，而是像个家属一样急匆匆地跟随转运床奔向抢救室。

转运床上躺着一个浑身是血的青年，半边脸血肉模糊，看样子伤得很重。跟随的女子抓着车子边沿哭天抢地，俨然这青年命不久矣。校长见到这一幕不免心生戚然，想开口向急诊科主诊医生亮明身份让他们停下手头上的救治，过来优先抢救这个年轻人。

忽然，医用推车上的青年身体微微地抖了一下。

接着，嘴巴里开始朝外涌出鲜红的血液，汩汩地流淌到了磨砂石的地面上。

校长瞪大了眼睛，想大声斥责正跪地抢救病患的医护人员。

然而话临到嘴边却还是忍住了，揪心不已的他下意识地将双手交叠着拧在了一起。

就在这时，他忽感热血上涌，整个身体随之瘫软了下去……

校长醒来时，发现自己躺在病床上。

坐在床榻边沿的，正是昨晚在机场与他通过电话的陈光明。

来不及寒暄，谢鹏程就直截了当地问起了急诊科的抢救情况。

听闻陈光明汇报，急诊科一片祥和，该救活的都被救了过来；病危的，也奇迹般地救活了。

按照他回话的逻辑推断，那个血肉模糊的青年应该已无甚大碍。

但老谢还是不放心，沉思了几秒之后，还是追问起了那个青年的状况来。

"谢校长，真让您问对了。"陈光明脸上挂着笑，满是神秘。

"老陈，你可别给我卖关子，都什么时候了！快点说说那个年轻人怎么样了？"谢鹏程好久没像现在这样沉不住气了，平常说话都慢条斯理的他，如今一开口就心急火燎。

"谢校长这么关心那个年轻人，莫非是亲戚？或其他？"陈光明蹙眉地试探道。

"别扯那么多！我问他还活着吗？"谢鹏程急道。

"活着。"陈光明言简意赅地回应。

"活着就好！这世界实在没什么比活着更重要的事情了吧。"谢鹏程校长深深地吁了一口气，大发感慨道。

"有，当然有！比如医院的发展，比如职工的待遇，比如医闹……都要愁死我了，谢大校长。"陈光明接着他的话茬，苦笑着道。

"我电话里不都答应你了吗？"谢鹏程紧蹙眉头地瞪了陈光明一眼。

陈光明不仅没生气，反倒是乐了起来。

"看来，谢大校长都记着啊！有谢校长为咱们医院撑腰，我有底气多了！"

陈光明喜上眉梢地说道。

"对了，光明，我电话里都答应你什么来着？具体的我记不清了！你瞧我这一觉睡的，能醒过来都是老天开恩，哪里还记得那么多细节！"谢鹏程摆了摆手说道。

瞬时，陈光明的笑脸僵在了半空中。

说也不是，不说也不是。

怎么就没想到谢校长玩这一出呢？

他也不是傻子。

这大半夜的，谢鹏程在外伤小伙子的推车前晕血。

而且，这小伙子与他也没啥瓜葛。

他这不是微服私访还能是啥？！

"细节，我也不记得了。领导安心养病，过几天再说也不迟。我已经安排好了，这是秘书小张。有什么要求，您尽管吩咐！"陈光明说完，便冷着脸欲走出这间病房。

"哎，老陈啊，你急啥！还没到饭点儿，你走了，谁陪我吃中饭？难道就因为我说了几句不中听的，你就不高兴了？"谢鹏程下意识地挪了挪垫在后背的枕头，斜睨了陈光明一眼，语气舒缓道。

见谢校长这么说，陈光明不由地浑身一颤。

前面还真以为他昏厥了之后，头脑不清了呢。

看来，谢校长是老虎打盹心里有数。

急诊的，医院的，还有他陈光明的各种状况，这谢校长都摸得门儿清！

陈光明还没想好怎么回答谢鹏程。

谢校长紧接着又追问了一句："刘解放那老爷子，现在在哪？"

陈光明和谢鹏程再次见到刘解放的时候，已经是三天后。

两个人特地给老爷子备了上好的龙井，还有平常鲜有人抽的大前门香烟。

陈光明原先准备的茶，是名贵的大红袍。至于香烟，则是九五之尊，感觉尊贵大气上档次。

这些，都被谢鹏程给否决了。

不抽烟的陈光明，特地去补习了一下大前门的来历，才晓得这烟不仅是个老牌子，还是中国的著名品牌。

大前门烟标 CHIENMEN（即指北京前门），已奇迹般地走过了100多年的历程。从烟标的历史看，一种商标能经历50年者已属少见，大前门至今仍在生产销售，其影响力不言而喻。

老爷子见到这两件礼物甚是高兴。

一见面就说："你俩小子，可我心啊。这龙井呀，是主席生前的最爱。他思考问题多，烟抽得也多，喝绿茶能排毒素。这'大前门'，就更厉害了！见了'大前门'，就像见了毛主席！"

见老爷子欢喜，俩人进门前提着的心，才算是落了地。

接待他们的地方，位于京州西郊一处老旧建筑的书房内。

两个人谁也不主动说话，一副学生般的虔诚。

老爷子从书橱上拿出一本政论专著，在那里絮絮叨叨着。

刘解放丝毫不看书籍内容，看样子已经深刻领会了政论专著的精神内涵，像是介绍读书笔记一般娓娓道来。

听得谢鹏程和陈光明目瞪口呆。

没想到一个90岁的老爷子，还有这个精神头儿。

说到精神实质的条条框框时，直接掰着手指头说一二三四五。

"哎，人心散了，队伍不好带了啊！"陈光明不由地一阵感慨。

"世上无难事，只要肯登攀！"刘解放竖着食指，对他说了句毛主席的诗。

"老爷子，我们今天是特地来请教的。有什么地方需要我们改正的，请您知无不言，言无不尽！"谢鹏程双手合抱，向刘解放行了个拱手礼。

"我没什么好说的！你们一个校长，一个院长，都是我的领导！我只有服从命令，听指挥的份儿，哈哈哈……"刘解放一本正经地说着，说完连他自己都笑了。

"刘老，千万别折煞我们。这里没有领导，我们都是您的学生。"谢鹏程一脸的谦卑，起身说话的时候，都是弯着腰身。

陈光明是医院院长兼党委书记，双肩挑的状态，忙碌是显而易见的。

虽说平常也意识到思想政治工作的重要性，但临床工作忙碌，集中学习的时间实在是有限。

各个支部也都是自行开展思想政治工作，最后汇总检查一下即可。

至于学习成效，基本上只能靠自我监督。

"技术只是工具，唯有思想才是永恒。"刘解放扶起了谢鹏程，轻拍着他的肩膀笑道。

见谢鹏程如此恭谦，陈光明也跟着站了起来，向刘老鞠躬。

"你们俩一个个的，明显是欺负我这老头子嘛！"

刘解放拍在陈光明背上的手，明显加重了些力道。

陈光明甚至都可以感知一股强有力的中气在他后背氤氲开来，一直蔓延到心底。令他在起身之时不由地思忖，这老爷子真是不简单！一会儿引经据典，一会儿见地深刻，一会儿幽默泼皮，怪不得谢鹏程心心念念着来拜会他，看来今天真是不虚此行。

"我们俩，是来保护刘老的。谁胆敢欺负您，我们打断他的腿！"

陈光明立即表了态度地笑道。

"哈哈哈，保护倒是可以，打断腿倒是不必了。直说吧，你们俩找我有啥事？"刘解放微闭着双睛，正言道。

"实不相瞒，我们是想请老爷子出山。"谢鹏程又起身鞠躬道。

"谢校长说得对，我们是来请老爷子出山的。"刚被刘解放按着坐下的陈光明，见谢鹏程起身，也起了身。

"我这把年纪，体力精力上都跟不上了，出什么山呀！"

"再说了，医院有规定，年满75周岁不再聘用。"

"我也不能破这个先例吧！"

"破了，以后光明怎么开展工作？怎么服众？！"

刘解放摆手婉拒道。

"这么些，都是原则上的。我们可以根据实际所需，酌情调整嘛。规定是死的，人是活的！我们也要开拓创新，与时俱进！我今天来就是免得光明工作不好开展，从大学的方向邀请您！一来没有破坏医院的固有政策，二来从大学的层面出发，也算是对老爷子最崇高的敬意。您老可不能驳了学生我的面子啊！"

谢鹏程说话时的满腔赤诚，都看在了刘解放的眼里。

而且，这家伙言辞凿凿、有礼有节，连退路都不给留。

见状，陈光明瞬间明白了谢鹏程执意过来的用意。

从大学层面出发，的确给他解决了不少政策上的难题。

谢校长不愧是一校之长，考虑问题站的立场和高度确实不一样。

刘解放哪里受得了校长与院长的一唱一和。

最终，还是被他们"蛊惑"。

周一开始，老爷子即将走马上任。

以资深党务专家的身份，履职汉东大学附属医院的医院文化特别顾问！

虽说刘解放还没了解清楚这个职位是做什么的，但能够每天解决三餐，还有人陪着唠嗑，总比他一个老头子闷在家里要开心多了吧？

二位走后。

刘解放焚香沐浴，净身更衣。

做完了这一切，他端起了一款精巧的民国时期的紫檀木质镜框。

透过镶嵌的釉色玻璃，可以清晰地看到内面微微泛黄的老照片。

四周修葺成相思梅花边的黑白相片上，一个相貌典雅的清丽女子跃然其间。

他拂起棉质睡衣袖口，一丝不苟地对着玻璃一行一行地擦拭着，生怕遗漏了哪怕一丝丝空间，既是对相片里的佳人不敬，更是遮挡了他与可心人儿的视线相对一般。

刘解放颤抖着枯枝般的掌指摩挲了好半天，终于停下来端详。

许久之后。

他眼眶泛红地念叨着："老太婆，我是你的玉坤呀，你的解放君现在向朱领导汇报。过几天呐，我就要回到咱们的八四医院发挥余热了。其实，我也不想去，每天在家里陪着你，养花饲草的，也挺好。不过，我实在是架不住校长和院长他们两个小辈的盛情，还记得你当年给我说过的话吗？给别人带来伤害的事不做，给自己带来伤害的事少做，给别人带来帮助的事多做。我觉得我这次出山，很符合最后一条呢。南溪，你会同意吗？你要是同意的话，下周一，也就是后天，我就带你一起去咱们工作过的地方转转呀，免得你也整天闷在家里。对了，我晓得你最怕别人说闲话。这次，你就放心吧，他们给了咱们一个牛哄哄的头衔，什么医院文化特别顾问！你的解放君，是不是很厉害呢？南溪，南溪你能听到吗？你的玉坤想你了！你的解放君，想你了……"

这事儿，刘解放还没有来得及和儿子刘国辉商量。

他晓得儿子很忙，忙到一两个月都很难见一次面。

比现任院长陈光明小了几岁的刘国辉，在自己擅长的 ICU 领域如鱼得水。

在老爷子看来，他这儿子能够为医院的发展出点绵薄之力，还能够为国家的 ICU 事业做点贡献，就是他最为欣慰的事情了。

不要说一两个月不见，就算是半年不见，也是不碍事的。

救人命，总比扯东扯西拉家常重要得多。

在这一点上，刘解放要比一般老人开明得多。

虽然他也孤独，但至少还有"朱南溪"相伴。

每天养花伺草"陪老婆"，也算是各得其所吧。

望着墙壁上滴答行走的挂钟，虽说指针已经指向了午夜零点，不过这一刻的刘解放还是有点儿兴奋。

"南溪呀，告诉你个好消息啊！咱们去医院除了发挥余热之外，还有个天大的福利呀，那就是可以与儿子一起并肩作战啦！他就在与咱们靠得很近的地方。你要是想见他呀，比我们呆在家里方便多了！哪怕是见不到也不要紧，他在医院和整个医疗行业还挺给你长脸的，每天听到关于他的消息应该不会少，你会高兴吧？老太婆……"

刘解放迷迷糊糊睡着了。

虽说睡得很晚，然而却难得的宛若婴儿般香甜。

第二天，老爷子醒来时已近晌午。

其实并非自然醒，而是听到了电话铃响以及敲门声。

下床开门。

来者不是抄水表的，也不是查煤气的，而是他多日不见的儿子。

医疗界大名鼎鼎的 ICU 专家刘国辉。

他见老爷子身体尚好，一脸担忧的神情才舒缓了下来。

手中拎着亲自磨制的薏仁赤豆粉，这是他每次来看老爷子的保留曲目。曾任八四医院临床军医长的老爷子在没退休之前，开创了医疗界中西医结合模式的先河，医治患者不计其数，一度成为八四医院对外宣传的一面旗帜。虽说后来修习了西医，毕竟他是祖传中医出身，一些经典的养生方，依然坚持沿用至今。

薏仁赤豆粉，亦食亦药。

长期服用，祛除湿邪，延年益寿。

湿邪是六邪之一，也就老百姓常说的湿气，是中医最怕的一部分。

在刘解放看来，自己能够活到九十岁还如此精神矍铄，与多年来良好的心态、坚持的养生方，以及规律的作息饮食习惯密不可分。

刘解放见到儿子，还是难免有些激动。

一把就抓住了儿子的手，像个顽童一般地兴奋笑道："国辉啊，我昨晚还和你娘亲念叨起你来着，没想到你今天就来了，真是巧得不能再巧了呀！你要是不信啊，去找你娘亲问问，她会给我作证的啊！"

刘国辉感觉自己的手都被刘解放握出了一道道轮匝红印。

即便如此，他还是忍着继续让老爷子握着。

他那眼里冒光的样子，比上次见到的时候，神采多了。

当听到"去找你娘亲问问，她会给我作证的啊"这句话时，刘国辉不由地鼻子一酸，差点没忍住眼眶中打转的泪水。他一岁半的时候，母亲就去世了。留给他的关于母亲的记忆只有相片，一张母亲年轻时的相片。

其实，原来还有一些。

令人遗憾的是一部分在"文革"时毁坏了。

目前，仅存的一张，就是父亲床头镜框里的那张。

青春年华，大家闺秀。

哪怕是放在今天，也是如明星般的存在。

"爸！我娘亲好像在向我炫耀。您老只顾着每天想着她，哪里有工夫想到我呀！"刘国辉一脸认真地说笑道。

刘解放闻言，又多了几分力道抓着他的手腕急道："你个混账，不信你去问问她呀！没念叨你千遍百遍，十遍八遍也是有的。"

"好啦！老爷子，不和您闹了。我信！我信还不行吗?！对了，我有件事要问您……"

见到老爷子慌了神，刘国辉瞬时打住了，不再与他逗趣，开始试探着说出内心的疑惑。

"什么事？您说。"

刘解放说着，眼角的余光下意识地转向床头镜框的方向，似乎在向朱南溪寻求战友般的支持。

"校长和院长登门的事，我都知道了，我不同意您去！"刘国辉还是表明了自己的立场。

听儿子这么说，刘解放立即起身去拿床头的镜框，似乎要问问朱南溪的意见。

啪嗒！

镜框没拿稳，一下子滑落到了木地板上。

玻璃顷刻碎了一地。

老爷子急得徒手抓相片，十指瞬时被玻璃割得血肉模糊……

刘国辉终于在老爷子上任前一天，修好了相框。

至于那惨不忍睹的手指，可足足花费了他半个钟头的时间，亲自在显微外科的高倍术目镜下，才将玻璃渣子挑干净。

消毒包扎之后的掌指，看起来真挺碍眼。

老爷子倒是挺机智，为了避免引起医院同仁的不适，他翻箱倒柜地找出了战友儿子赠送的 07 制式军官手套。

这款最大号的家伙，当时是中看不中戴。

现在直接套在双手上，还真有些英武的潇洒劲儿。

"国辉，这手套精神吧？要是你娘亲看到就好了，哈哈，俊哭她！"

"是够精神的！但是，您用餐怎么办？"

"戴着手套吃！出生入死都不怕，还有什么能难得了我刘解放！"

"帅！"

"那是！"

这父子俩一对一答的，倒还算畅快友好。

执拗不过老爷子的心愿，刘国辉还是同意了他继续发挥余热。只是他始终强调一点，乡野俗语有云"七十不留宿，八十不留饭，九十不留坐"，也不是没有道理。

为了从根源上消除儿子和医院的担忧，刘解放立即起草了一份他与医院的单方豁免协议。

即在工作期间，自己的任何意外，都与医院没有干系。

刘国辉看完老爷子亲笔书写的豁免书，虽说感觉上挺不习惯，但也总算是表明了立场。

免得医院职工微词，也省得院校领导为此焦虑。

刘国辉临走时，老爷子还一个劲儿地夸赞他不愧是个思维缜密的临床一线医务工作者。

在谢鹏程校长亲自督办下，陈光明院长在院务会上宣读了任命刘解放为医院文化特别顾问的红头文件，属于医院单立部门，直属院务会领导，享受副院长级待遇。

消息一出，医院文化和党宣的几个部门坐不住了。

"老头子一来，我们以后还怎么混啊。"

"应该不受影响吧，毕竟是老人家了，也不会管那么多闲事儿。"

"之前不是说挂个名誉虚职吗？现在怎么变成实职了呢？副院级起码要博士学历，这几乎是规矩，老爷子也博士？呵呵，不可能吧！"

"……"

听闻窃窃私语，谢鹏程抓着手机重重地拍了一下桌子。

整个会议室顿时鸦雀无声。

"才几天不见，哪来这么多坏毛病！"

"再说了，刘老是过来帮咱们！"

"那天院庆要不是他力挺，医闹要赔钱，离职有百人……当然，也多亏了人事与派出所户籍部门的配合为刘老提供详尽的资料，这样的"精准打击"以后要继续发扬……"

"还博士学历？你们院长陈光明，还有我谢鹏程都算是他的学生！你们说刘老啥学历？他的丰富实践经验是能用学历衡量的吗？你们啊你们，我看是读书读傻了吧！都是哪个导师教出来的势利货？我倒是想亲自会会他……"

"还有最后一条，不能忽略！刘老的亲儿子刘国辉，全国综合排名第一的 ICU 大拿，同时也是我们医院的 ICU 负责人，副院长……"

刚才还高高在上，颇有微词的闲话佬们，顿时鸦雀无声，面面相觑了半天之后，连大口喘气也不敢了。

今天的院务会，刘国辉正好因国家卫生健康委选派专家执行任务，提前请了假。

如果也在这个场合，即便是占了上风，怕是父子俩也会尴尬。

现在，倒是不经意间完美地错过了一场需要避嫌的相遇。

接下来，谢鹏程开始宣读刘老统管工作的类别。

"刘老以资深党务专家的身份，负责全院医务人员的思想政治指导工作，由各党支部书记负责集中汇总反馈问题。还有，急诊科住院医师刘汉东，被选调为刘老的兼职秘书，原临床岗位的工作酌情安排……"

现场人员，除了点头便是鼓掌，整个过程顺利完成。

院务会结束。

陈光明立即安排人护送刘解放进驻他的办公室，以及他可以随时调用的多功能会议室。

办完了这一切，陈光明火速拦住了谢鹏程。

征询医院扩建、高价值设备购置、人才引进、科研经费等问题的落实及进度是他的心头大事。

闻言。

谢鹏程倒是讳莫如深地笑道："有刘老，很多问题迎刃而解。没有他，全部都答应你也没用。信不信由你，等着瞧吧。"

还没等谢鹏程说完，人事科长便灰头土脸地奔了过来。

"院长，院庆前写了辞职信的职工，又过来讨说法，您看怎么办？"

"总共多少人？"

"副高十三人，中级二十九人，初级一百二十人，总计一百六十二人！"

"这么多人离职？那去年总共招收了多少人？"

"去年高、中、初级一共招了一百〇二人！"

"这么说，同意离职的话，人员净减少六十人？"

"现在病患人数激增，就算都不离职，人手都不够。要是离职的话，怕是各个科室要闹用工荒……"

"怎么搞的?! 你们做工作了吗？"

"做了，无论是集中宣教，还是个别谈心，都分头进行过。每个人都是斩钉截铁、态度决绝，做工作丝毫不起作用。"

"刘解放刘老来了。要不把这些提出离职的人员分到各个对应支部，请支部书记汇报给刘老，看看他这边有什么好办法。上次院庆你是知道的，刚才的院务会你也听到了，老谢对他格外看重！这次请他来医院挂职，就是为医院排忧解难！既然如此，咱们不用白不用啊！"

"怎么个用法？"

"刚才不是给你说过了吗？通过支部书记！支部书记！"

"好！好！好！"

人事科长与院长一问一答，整个过程快速而高效。

待人事科长走后，陈光明回到自己的办公室，一屁股瘫坐在沙发上。

脑海里，不停地回旋着谢鹏程的话。

虽说当时听起来分外刺耳，然而面对现在的紧急状况，倒是让他觉得请刘老过来，或许是这次整个医院人员离职潮的救命稻草。

这个关键的时刻，若是换成头脑发热的领导，一口气同意了离职申请，整个医院的医疗队伍势必受到严重影响。所以，他定了定情绪之后，立即给人事科长打了个电话，嘱咐她稳住局面，坚决不能妥协，更不可轻易放走任何一个试图离职的员工！

"这么多人，通过支部汇总反馈效率太低。"

"那怎么办？院长已经下达了任务。"

"能否先与刘老商量一下？"

"这样算不算越级汇报，或者说是先斩后奏？"

人事科长与党办主任，完全被眼前的状况搞得晕头转向。

就在她们还在协商着如何处理的时候。

零零散散的辞职申请者已经朝人事科的方向赶来。

吓得人事科长和党办主任躲进了办公室。

"快点！我们都辞职了！还不放我们走，你们有什么理由？"

"你们就是一群骗子，院庆时说好的待遇，迟迟不肯兑现！"

"临床都忙成什么样子了？难道你们都视而不见吗？"

"少给我们画饼！我们要吃饭！要供房！要养家！"

"……"

人声鼎沸的喧嚣声，很快惊动了坐在办公室里沉思的陈院长。

他隔壁办公室的刘解放也被惊动。

刘解放打开窗户，对着蜂拥着奔向人事科的职工挥着手道："请大家跟我这老头子商量一下，我会尽全力帮助你们！"

气势汹汹地冲向人事科办公室的辞职者们，见到刘解放向他们挥手，开始还以为这个老头子是不是脑袋有啥毛病，压根儿就没有理会他。直到有人认出了这老爷子就是院庆上的老干部，才叫住了准备闹事的同伴，试着一起和这老爷子谈谈条件。

很快，刘老爷子下了楼。

原本准备围攻人事科的辞职人群，开始调转风向对准了刘解放。

这一情况，也落在了陈光明的眼里。

毕竟刘老爷子已有九十高龄，谢鹏程将他老人家安置在汉东大学附属医院，最为提心吊胆的人，自然就是他这个院长了。万一有个什么闪失，他哪里负得起这个责任呢？

说时迟，那时快。

辞职人群，很快就将刘解放团团围住。

见到这一幕，可没少把陈光明吓着。

一群人这么推搡着下去，万一老爷子摔着了，那可就大事不妙了。

刘解放有任何一点闪失，毫无疑问都是他"护驾不力"。

好在陈光明及时赶在了刘解放面前，像个盾牌一样将他护住了。

这时的陈光明，才勉强地长吁了一口气。

就在这时，刘解放从口袋里掏出了一份资料。

"这是我刘解放起草的一份医院单方豁免，上午开院务会的时候没来得及拿出来。现在告示四方，在我工作期间，任何意外都与医院没有干系。"刘解放挥舞着那份协议，字正腔圆地说道。

陈光明冲在前面的目的显而易见，但听到刘解放的话后，竟然有种被掌掴的感觉。

他最为焦虑和担心的安全问题，被老爷子一针见血地挑了出来。

不仅让陈光明杵在原地许久，那些嚷着辞职的人群，也顿时被老先生的举动所折服！

"你们有什么要求，尽管找我谈！我今天正式任职医院文化特别顾问。你们的思想问题，属于我管。"刘解放毫不推脱地笑着道。

这一幕，看得陈光明怔忡在原地。

太多人都避之不及。

而这老爷子，却大包大揽着，完全就是一副明知山有虎，偏向虎山行的劲头儿。

就在这时，一个穿着白大褂的青年男子向刘解放冲了过来，顿时吸引了众人的目光。

大家还以为这小子想不开，来与老先生同归于尽呢。

没想到这小子的脚力还挺稳，在距离刘解放还有半步距离的时候，直接定住了步子。

众人瞠目结舌地观看着他接下来的"表演"。

"报告首长！院庆的时候我见过您！我叫刘汉东，急诊科住院医师，1990 年出生，汉东医科大学毕业，临床医学本科，医学学士，我爷爷叫刘北平。1949 年 4 月 24 号，您给他做过脾脏摘除和肋骨手术，您是他的救命恩人。我已经撤回了离职申请，现在是您的兼职秘书，有什么指示，尽管吩咐！"刘汉东窘红着脸，向刘解放行了一个并不标准的军礼。

"这小子前面不是也递交辞职申请了吗？这变脸的速度比翻书还快！真是白瞎了一张俊脸，原来是个叛徒！"众人中，不和谐的声音骤然响起。

刘汉东的脸更红了，似乎能感觉到每个人目光中的灼热正火辣辣地射向自己。回避似乎是不可能的了，这个时候只有直面相对，才能解决问题。

想到这里，他变戏法一般从口袋里掏出了一张海报，直接抖展开来。

原本还对着他脸颊投来热辣目光的众人，开始将眼神聚集在他手里的海报上。

不时地，还嘴巴里念叨着："不知这小子要搞哪一出！"

"是啊！这小子吃里爬外的，我们就看他可劲儿表演吧。"

……

虽然众人的言辞有些刺耳，但经过一开始窘迫不适的调节之后，此刻的刘汉东已经不像原先那般拘谨，竟然扬了扬手笑道："这是一个题为'烽烟医者'的讲座海报。主讲人，自然是我们医院的活化石刘解放先生。海报是我刚刚做好的，时间仓促，还请大家不要见笑。"

纵然众人对刘汉东再有微词，但见他抑扬顿挫、口齿分明的开场"表演"，多多少少也被他圈粉了。

"这小子，到底是要玩哪样？"

但还是有人朝刘汉东投去了异样的目光，嘴巴里仍不时蹦跶些许出言不逊的词汇。

"反正已经来了，感觉这革命老前辈蛮和蔼的，没啥急事的话，我感觉还是可以听听他说什么吧！反正咱们都停工了，在这里听他讲讲，说不定还可以找到一些不一样的路子。"

"好吧！难道这个讲座，很快就要开始了吗？收门票钱吗？"

众人难免有这样的质疑声。

看来，如果刘汉东真收起了门票，凭借着他们这种揣测的态度，似乎也没啥违和感。

大约也是听到了人群里的窃窃私语，刘汉东立即微笑着道："门票这个问题嘛，原则上是要收的，但因为尚属首次，所以医院继续教育学分集齐者免费，尚在学习中者半价，不过可以刷饭卡……"

刘汉东说完，变戏法般地又掏出了个医院饭卡收款机。

直接摆在了门边的桌面上。

刘解放望着会议室里越来越多的人，难掩内心的激动，脸上愈发显得红光满面起来。

除此之外，他的目光也不由地落在了刘汉东身上。

从他那微微颔首和上扬微笑的唇角来看，他对眼前这个谢校长指派的秘书很是满意。

现在的年轻人啊，脑袋灵光，总能别出心裁地想出很多新鲜形式，来达到灌输与传递思想的目的。

见整个会议室已经差不多满座，一直在角落静候的刘解放缓缓地走上讲台。

这时，刘汉东已经将巨幅海报贴在了后面的墙壁上，俨然明星见面会一般，很是时尚潮流。

众人都看清楚了海报上的讲座时间和地点安排，每周五下午14：00，行政楼医院文化会议室。

刘汉东这个秘书的服务算是很到位。

特地为老爷子搬来了藤椅，讲台则被他移到了一角。

如此一来，老爷子体力上的消耗会减少，整个人的状态也会舒适很多。

随后，刘汉东秘书做了三十秒的开场白。

刘解放的"烽烟医者"讲堂，正式开始。

前面还焦头烂额的陈光明院长，偷偷地在门口观望，见原来那群涌向人事科的离职者，此刻正安静坐在会场聆听刘解放的演讲，原本悬在心口的石头，才算是缓缓地落了地。

更加不可思议的是，原本另一些只是站在门口迟疑不决的人群，竟然开始掏出饭卡，有次序地从后门进入。在没有多余座位的情况下，居然有人站着听。

眼前的场景让陈光明如坠迷雾，他怎么也不会想到这伙原本十分躁动的人群，此刻像被催眠了一般，正接受着浴血抗战与爱国主义精神的洗礼。刘解放先讲述了解放军第八十四医院时期的光辉历史，接着又将众人带到烽火连天的年代。

PART ❷ 第2章

烽　烟

1920 年 3 月。

中国，东北，刘家寨。

中医世家刘府泛着药香的高大宅院内，传出阵阵婴儿响亮的啼哭声。

接生婆熟练地剪完脐带，恭喜这家户主老爷，夫人终于为刘家生了个带把的小子。一连三胎女婴的刘先生，激动得喜极而泣，不仅给接生婆翻倍的酬劳，还特地取了几根野生的山参作为礼物馈赠。看着襁褓中婴儿粉嘟嘟清秀的小脸，刘老爷在祖先祠堂拜祭过后，为婴儿取名玉坤。在祖辈心底，玉坤意为谦谦君子，温润如玉；不做郎中，执掌乾坤，从名字中足可以看出刘家对这婴孩的满腔期待。

随着孩子一天天长大，家人发现这小子虽然顽劣，但是对中医颇有天赋。

家人期待其做官执掌天下的心愿，渐行渐远。

待他长到 10 岁那年，也就是 1930 年。

随着姐姐们一个个出嫁，整个家族开始变得冷清。

为了振兴家业，刘家将全部的心血都倾注在了刘玉坤身上，从幼时私塾式的教育开始转变到中医教学上来。

刘玉坤与其他师兄师弟一样，每天上午都会被布置背诵汤头歌。

下午晚饭前必须背诵熟练，否则不能吃晚饭。

刘玉坤聪明得很，每次他半天就会背了。

剩下的时间，就是想方设法地偷吃的，提前存起来，留到晚上给背诵不下来的师兄师弟们充饥。

凭着机灵和仗义，他在师兄师弟圈子里非常吃得开，很多人都很喜欢他。

只是世上没有不透风的墙，他这么胡来，有一天还是被发现了。

他的手被戒尺打得肿得三天握不了筷子。

家人似乎也发现了他的记忆力超群，开始罚他背诵《黄帝内经》《针灸穴位歌诀》《方剂学》等等，出人意料的是，他总能在极短的时间内通背全文。

只是好景不长，这样稳定地学习中医的时光很快过去了，时间的指针落在1931年，日军的炮火在东北炸响。

11岁的刘玉坤不得不随着家人一路向西南搬迁。

幸好行进的速度不算慢，否则就落入了敌控区。

9月秋高气爽，整个东北却陷入一片黯然萧肃之中。

18日，日军挑起九一八事变，占领中国东北，并一手炮制了"伪满洲国"。

日军占领东北后，将魔爪伸向华北，阴谋策动"华北自治"。1936年6月，日本天皇批准了新的《帝国国防方针》及《用兵纲领》，公然展露其要控制东亚大陆和西太平洋，最后称霸世界的野心。8月7日，日本五相会议通过了《国策基准》，具体地制定了侵略中国，进犯苏联，待机南进的战略方案。

同时，还根据1936年侵华计划，制订了1937年侵华计划。从1936年5月起，日本陆续增兵华北，不断制造事端，频繁进行军事演习，华北局势日益严峻。

战争局势愈演愈烈，刘玉坤学习中医的环境变得越来越恶劣。

整个刘家也因为不断搬迁，原本繁荣的家族景象也逐渐颓败。

17 岁那年，也就是 1937 年，刘玉坤的记忆尤为深刻。

日本鬼子先占了卢沟桥，后进入山海关，接着一路烧杀掠抢到了济南。

他与家人为了躲避战火，一路向南，沿途行医医治官兵百姓，但多数族人还是不幸命丧战火，父亲有一次拒绝给日本人救治直接被杀，只留下了刘玉坤和母亲相依为命，流亡到了南京。岂知，南京亦非万全之地，在南京大屠杀惨案中，母亲未能幸免，只有他从死人堆中侥幸逃离虎口。因从小耳濡目染，加上天资聪慧，17 岁的俊逸少年刘玉坤凭借对传统中医术的非凡领悟，并在救命恩人吴亚鲁的介绍下，被收编进入战区医疗队。

初起他做得最多的事，就是给伤员清理伤口、消毒、换纱布。

从最初的一天为几个受伤将士清创，进步到可以一天为几十个将士清创处理。

即便如此，还是会有为数不少的将士因伤口继发感染，引发败血症而丧命。

几乎每送走一个将士，刘玉坤都要大哭一场。

如此哭了几十次之后，他也哭得麻木了。

这个时候，他开始勤奋钻研西医术。

他决心将其为我所用，搭配中医，辩证改良。

随之推行的中西医结合疗法，一度成效显著。

"烽烟医者"讲堂第一次活动空前成功。

这是刘解放和秘书刘汉东未曾预料到的。

当然，最没有想到的，还是院长陈光明。

听完讲演的辞职者们，差不多有三分之一的人，主动撤除了离职申请。

这个消息，令先前还坐卧不宁寝食难安的陈光明喜出望外。

屁股下的垫子还没焐热，他就收到谢鹏程打来的电话。

从电话中传来的爽朗笑声，陈光明便可感知对方阳光普照般的好心情。

"老陈啊，我给你说得没错吧。有了刘老在，你工作开展得顺溜多了吧？坐享其成，安享清福我不敢说，但起码少些波折是绝对没有问题的！这就是刘解放的能耐之处！他那个'烽烟医者'讲堂我感觉要火。才第一天就可以给那么多人'成功洗脑'，甚至我还听说，有人全程站着听到最后，更有甚者感动到哭得稀里哗啦，拉都拉不住。想想看吧，刘解放这老爷子的魔力得有多大呀！"电话里谢鹏程的声音透着睿智磁性和无与伦比的洞察力，听得陈光明心服口服。

"说得很对，第一次开讲就热火朝天，刘汉东那小子机灵，竟然卖起了门票！虽然只是部分售卖，据说收益已经足够他们两个人一个月的伙食费了！您说狠不狠?! 按照现在的趋势走下去，我感觉第二次举办的时候，怕是现有场地太过狭小，得给他们整个大点儿的地方。谢校长，您看医院病房楼后面的医学院大礼堂怎么样？闲着也是闲着，不如趁着这个活动利用起来。"院长陈光明总有自己的小算盘，这样做了之后，可以整合医学院更多的资源为医院所用。

"医院的地方不是很多吗？再说了，如果任由这个活动扩大下去，刘老爷子的体力怎么吃得消?! 听说他还特地签了个豁免协议给医院，这只能说明人家高风亮节。你还真想把人家当成老黄牛用？不累死不罢休?"谢鹏程总有一连串的理由来应对陈光明。

既然已从谢鹏程的话里听出了他的真实想法，陈光明也便不再勉强下去了。

他开始将心思收敛，逐步集中在了刘解放、刘国辉父子身上。

首先呢，刘解放的确是一匹老当益壮的黑马人物。才"入职"半天，就搞出了这么大动静，不得不说姜还是老的辣呀。接下来，还有更加振奋人心的消息，早上的院务会刘国辉没有参加，也是事出有因。国家卫健委亲自抽调他为专家组组长，参与一起重大爆炸事故的救援指导工作。目前已有诸多成绩传回了汉东大学附属医院，他按捺不住内心的激动，翻阅着铺天盖地的报道。

21日14时48分，位于盐州市向阳县周家巷镇的汉东省天星化工有限公司发生爆炸事故。在国家卫健委部署下，汉东省各地医疗队、专家组陆续加入救援行动。伤员被分别送往盐州市县各级医院，以及毗邻的云港市医院，进行紧急救治。

从21日下午接到紧急来电后，刘国辉从深川立即转机到汉东扬川，再辗转到向阳县时已是22日凌晨两点多。在向阳县处置了几位重症伤者之后，他立即赶往盐州市医院，继续处置蜂拥而至的患者，一夜未眠。

与此同时，从首都等地陆续赶到的专家团队，主动与他汇合切磋互动。

"病人在哪里，医生就在哪里。"

汉东省报头版头条，第一时间用这样的醒目标题报道着灾难救治情况。

与往常的救援任务不同，这次爆炸事故中的伤患病情更为复杂，有烟雾吸入损伤、高温烧伤、玻璃锐器划伤、化学毒物损伤，还有冲击爆震伤等。因此必须发挥多学科团队力量，进行综合救治。

此次整体医疗救援行动中，刘国辉领导下的团队采取了对重症伤者集中施治的办法，使救治效率最大化。同时，针对不同伤情，医疗团队施行"一人一策"方略，收到了良好的效果。此外，专家组还被分成了重症组、急诊创伤组、烧伤组、骨科组、神经外科组等不同类型，对伤者进行筛查，"千方百计让伤患获得最好治疗"。

"报告刘教授！今天已经做了三十台手术，我们能否休息一下？"

神色倦怠的青年医生向刘国辉诉苦道。

"你休息一下吧，下面的手术，我顶上。"

"啊？对不起，刘教授！我继续，我还可以再坚持！"

"爆炸事故发生后，手术量比较大！全体医护人员加班加点，脑外科、胸外科、腹外科紧急手术多！不过已基本完成，你那边也会很快了……"

"感谢刘组长刘教授！"

他深深地吁了一口气之后，声色低沉地对着身边的主诊医师嘱咐道："下一步，我们还要对伤者进行后续医疗救助医学评估，这些都将成为重点方向。"

"好的，主任！已经按照您的吩咐去做了，对伤患的心理干预、术后恢复、病情康复等多方面工作也在同时开展，伤者正在医院等待接受救治。"主诊医师立即汇报道。

刘国辉作为业界领袖，领衔救治伤病员的事迹一波波地传回了汉东大学附属医院，让原本军心不稳的局面，瞬间安定了不少。

这些医疗救助的信息，秘书刘汉东通通一条不落地摘录下来，第一时间呈报给了刘解放。

看到这些关于儿子的新闻，老爷子别提多高兴了。

兴奋之余，他还是忍不住搬出了那个修复完毕的相框。

刘解放摩挲着玻璃凝视相片中的朱南溪笑言："朱领导，我给你汇报一下哎！儿子国辉可给你长脸了！你要是在天有知，也会为他高兴吧？要不，我给你念两段报纸听听？"

"23日晨，正在盐州市参与救援的汉东省医疗卫生专家组组长、汉东大学附属医院副院长刘国辉接受众新网记者采访。他表示，在爆炸事故发生至今的48个小时内，所有医院收治的ICU重症患者，大多数病情已得到有效控制……"

汉东大学附属医院陈光明院长特别批示，该院将持续派遣ICU医务人员进驻事发地区，支持与配合刘国辉副院长的工作，争取将伤害降到最低程度。这一举措，深得民心，又一波考虑离职的职工，也因此变得犹豫了。

眼下，相对稳定的局面，是陈光明最希望看到的。

至于那些打算离职的人员，能够拖延多久就拖延多久吧。

起码不能因为医务人员的大量流失，而影响每天正常开展的医疗工作。

看到一系列新闻，刘解放忍不住给儿子挂了个电话，然而总是接不通。

换作从前，他是眼不见为净，可是现在不同了，在医院里，总可以从四面八方了解到儿子的信息。

在焦躁等待的时间里，刘解放忽然收到了儿子刘国辉打来的电话。

恭贺他旗开得胜，这个医院文化特别顾问名副其实，大有来头！

刘解放被儿子夸得心花怒放，兴奋许久。

在一般人看来，他这么大的年纪，应该有这个岁数的持重。然而刘解放不这么看，大约是源于中医的保养效果，他看起来比同龄人至少年轻个二三十岁，加上常年坚持适度的锻炼，整个人体格也够灵便，确实不像一个九十岁的人。

这才上班发挥余热第一天，他整个身心便开始年轻悦动了。

他永葆青春的秘诀，是专注、是敬业、是激情。

那些打算离职的员工，听到他如数家珍地讲述过去的事情，整个身心都受到了涤荡。

他们因此变得对自己苛责，对别人宽容，对世界慈悲。

这就是他做思想政治指导工作的核心主旨，也是"烽烟医者"讲座的要义所在。

刘国辉在事故发生地的忙碌程度是难以想象的。不断有急危重病号转到汉东大学附属医院，新闻也始终跟进，汉东大学附属医院的曝光率与日俱增，美誉度也跟着像坐火箭般不断攀升。这让原本打算离职的员工，开始动摇，甚至打消了念头。

事故前方陆续传来令人揪心的消息。

爆炸发生时，50多岁的詹女士正坐在离爆炸中心不远的会议室，待她从中断的记忆中醒来，已被送至盐州市第一人民医院。

"头面部爆炸伤、双眼爆炸伤"，盐州市第一人民医院眼科副主任这样描述詹女士当时的伤情。在21日事故当晚的急救手术中，主刀医生发现詹女士左眼球已完全破碎，眼眶内填满碎玻璃。眼科急诊团队被迫摘除了伤者左眼眼球，并决定对仅剩的右眼予以一期缝合，待全面评估伤情后再决定二期处理方案。急救术后的检查中，盐州市第一人民医院眼科医师发现，詹女士右眼视力光感可疑，眼内充满积血，视网膜已发生剥离。伤者能否保住右眼的视力？治疗上又该做如何处置？经汉东省眼科、重症医学医疗队多学科会诊与评估后，决定在24日上午再次为詹女士实施眼科手术，希望能够保住她右眼"仅存的光明"。

此次手术将由汉东大学附属医院眼科副主任医师与盐州一院眼科主任医师带领医护团队共同进行。刘国辉作为组长，参与主持全面评估，不放过任何一丝"光明的希望"！

考虑到伤者处于伤后应激状态，并一直处于完全黑暗之中，身为救治医疗组组长、汉东大学附属医院副院长、重症医学科主任的刘国辉教授和救治医疗组副组长、汉东大学附属医院急诊医学中心主任张维忠教授高度重视，立即组织医疗队进行多学科会诊。

当晚赶到盐州的汉东大学附属医院眼科副主任医师、主任医师及眼科副主任都参加了此次会诊。眼科主任介绍说，考虑到詹女士已经摘除了左眼球，而尚未摘除的右眼球已经发生视网膜剥离。为了挽救右眼可能残存的视功能，避免伤者完全失明，大家共同商议后，一致认为应尽早进行右眼玻璃体手术，探明伤情、清除眼内积血和可能存在的异物，复位脱离的视网膜。

为了确保患者生命安全，刘国辉教授再次全面评估了伤者的全身伤情，协调了各院区各科室的协作流程，为患者尽快接受手术扫除障碍。

患者家属非常担心手术效果，但鉴于目前状况，放弃手术，就等于放弃机会。一番沟通后，他们同意放手一搏。

当地手术材料消耗极大，关键材料也欠缺。

在刘国辉的指挥下，与汉东大学附属医院高效接力，调运"关键材料"。

常规的视网膜脱离手术患者需要在术后保持一段时间的面向下体位，以利于视网膜复位。但是詹女士的情况非常特殊：由于伤势严重，詹女士尚在重症监护室气管插管状态下接受治疗，不能像普通眼科患者那样保持俯卧。针对这样的患者，只能应用一种特殊的眼内填充物——重硅油。

所谓重硅油，就是通过改变普通硅油分子中的基团结构形成比水略重的物质，常常用于复杂视网膜脱离及严重眼外伤病例手术。其能够对无法覆面向下患者的视网膜形成持续有效顶压，防止视网膜再次脱离。

由于这种材料平时较少使用，盐州地区尚无备存重硅油。

在了解到这一紧急情况后，刘国辉连夜向汉东大学附属医院院长兼党委书记陈光明请示。

经过高效迅速的协调，这种使用极少的填充物紧急运抵盐州一院。

手术中，刘国辉指导下的专家组发现，崔女士角膜巨大不规则裂伤，虹膜和晶状体已在受伤时脱失，玻璃体腔大量浓密积血，视网膜水肿、撕裂、脱离，还合并有脉络膜脱离，患者眼部伤情非常复杂。

专家花了半个钟头的时间将角膜裂伤重新缝合，小心翼翼地切除了眼内积血及玻璃体。由于患者角膜水肿，眼内大量积血，玻璃体与视网膜粘连紧密，玻切头和光导管在眼球内操作时每一步都必须极其小心，稍有不慎就可能切破脆弱的视网膜。

在彻底清除了患者眼内积血，激光封闭了视网膜裂孔，平伏了视网膜后，专家将重硅油填充到伤者的玻璃体腔。经过近两个小时的奋战，手术顺利结束！

在即将结束手术的一刹那，压在刘国辉心口的千斤巨石方才落地，而不知不觉间汗水早已浸透他的衣衫，百般努力只为"留得青山在，挽留残视力"！

患者左眼在此次爆炸中晶状体及虹膜都已缺失，后期还需再接受晶体植入及瞳孔再造手术。虽说患者右眼目前病情稳定，不过复明之路依然漫长，然而医护组的所有行动都在证实，医者的字典里，永远没有放弃。

爆炸造成的炸裂伤员，每天都有新情况发生。

刘国辉带领的专家组肩负的"光明保卫战"和"生命保卫战"每天都在盐州打响。

21 日事故发生后，在汉东省卫健委的统一部署和医院领导的紧急安排下，当日下午 5 时，汉东大学附属医院第一批 11 人专家组由医院快速出发，当晚抵达现场驰援。

22 日 7 时，汉东大学附属医院第二批 5 人专家团队抵达救援现场。

关于救援队行动的照片，省内外的纸媒和网络媒体争相报道，一夜之间传遍了整个医疗圈。

"……如他们所说，在这场生命与时间的赛跑中，医护人员忘却疲累，只念伤情。作为此次救治专家组首席组长的刘国辉告诉记者，大家都牢记着出征时的光荣使命和组织重托，不仅要挽救伤者生命，更要给予他们光明、给予他们希望。"

陈光明看到这篇报道后，内心泛起了丝丝暖意。曾经与自己一起竞聘院长的强有力对手，在面对记者的镜头和纸媒前，也不忘维护他一院之长的形象，实在是令人感动之极。

整个爆炸发生现场，一片狼藉。

地面上随处可见的污泥浊水，似乎在诉说着抢险过程中的艰辛与不易。

来自汉东大学附属医院的医务人员当中，好几个都是前几日嗓着要离职的年轻人。

如今面对突发事件，他们像是幡然醒悟了一般，无怨无悔地投身其中。就像刘解放老爷子在"烽烟医者"讲堂现场说过的那样，任何艰难困苦比照生命本身来说，都是那么的微不足道。

接下来的抢救工作接踵而至。

来自全国各地的救援专家亲临现场，以实际行动为救治病患保驾护航。

"男性，56 岁，气胸、呼吸窘迫、意识模糊、合并双侧肋骨多处骨折。"

这是汉东大学附属医院重症救治团队抵达向阳县人民医院救治的第 20 个危重伤者。

"氧合已经测不出来，心率 180，收缩压只有 50 毫米汞柱……"

"先解决气胸问题！"

在刘国辉的指导下，团队迅速与盐州市第一人民医院胸心外科、向阳县人民医院普外科专家会诊，现场讨论制订方案。

对患者施行胸腔闭式引流。

成功手术。

患者生命体征平稳。

在随后赶到的刘汉东等医生的陪护下，伤患被转入盐州一院重症医学科密切观察治疗。

"目前患者意识清醒，饮食可自理！"

看到这样的结果，刘国辉甚感欣慰。

23 日晚，刘汉东在完成"烽烟医者"的讲座后，下了急诊夜班就直接"上战场"，跟随医院急救车被紧急派驻盐州参与救治，与专家组成员一道开展伤员救治巡查，组织协调重症伤患的抢救工作。

刘汉东接诊的第一个病人是 34 岁的周某。

当时，周某所在的地方与发生爆炸的工厂仅隔数百米。没过几分钟，又接连听到爆破声，强大的冲击波让他感到强烈的震动。情急之下，周某从二楼跳下。当周某再次醒来时，已经躺在医院的病床上，由于头部外伤，他被转入盐州市第一人民医院神经外科接受治疗。刘国辉在会诊查房时，看到了他。此时的他，头面部损伤严重，喉头水肿，胸闷，呼吸粗重，满嘴红肿，双下肢皮肤破损严重，呈现黑紫色……有着丰富烧伤救治经验的刘国辉，觉得这个伤患的病情没那么简单，上呼吸道梗阻的问题要及时处理，否则随时会有生命危险。

于是周某被转入重症医学科，补液、清理皮肤、激素用药……

经过几天的治疗，周某生命体征终于平稳，安全度过了呼吸关，身上的红斑也渐次好转。刘汉东全程跟进这个伤患，用他的话说也算跟着"大神"长了见识，医疗本身便是实践性极强的学科，绝非纸上谈兵。

凌晨 2 点多，刘汉东跟随伤员迅速转入盐州市第一人民医院，继续参与救治。48 小时连轴转，高强度下的工作使刘汉东必须振奋精神，分秒必争，像个前线的战士。

"盐州市第三人民医院又一危重病人需要急会诊！"

刘汉东接到命令后，25 日一大早，又赶往盐州三院。等待他的，是一场又一场没有硝烟却异常复杂的生命守卫战！

又一个伤患到了刘汉东手里。

25 岁小伙林某因爆炸引发头面部大量出血，被紧急送到向阳县人民医院 ICU，呼吸心搏骤停，病情危急。他们第一时间为伤患进行了心肺复苏，大概 2 分钟后伤患才恢复自主心律。

事发时，林某在距离爆炸现场仅有 600 米的工厂上班。破碎玻璃渣严重伤及面部，当即出现失血性休克。待呼吸心跳恢复，林某又被送往手术室清创缝合。在控制出血后，旋即进行输血抗休克维持呼吸。25 日下午，在刘国辉的指导下为林某行气管切开。通过紧急救治，林某脱离了呼吸机，随即又被转入盐州一院北院进一步救治。经过精心救治，林某生命体征终获稳定，从 ICU 转入普通病房。

刘国辉并非首次参与这类突发公共事件的救治。

此前亲临汶川地震现场，他就是专家组指导成员。接到这次任务，刘国辉连一件换洗的衣服都没来得及备，便火速赶往向阳县参与救援工作。

除了以刘国辉为代表的重症医学组之外，汉东大学附属医院又派遣了一组烧伤专家驰援盐州。院长陈光明亲自为两位出征的医生送行，同时医院还为此做好了接收伤患的一切准备。

盐州化工厂爆炸抢救工作进展顺利，刘国辉与他所带领的医疗团队受到了国家卫健委及省市院多个层级的嘉奖。

刘解放听到这个消息，甚是高兴。

不过，老爷子并没有逢人便说。

即便陈光明院长在他面前特别提起，他也是以感谢组织重视谦逊地回应。然而独处之时，他却忘不了轻抚相框与夫人朱南溪分享这一切。

"南溪，你好吗？最近总是耳闻些关于我做顾问的风言风语，说不苦恼那是骗人的。不过，这两天呀，我真的释然了。有个和我差不多年岁的老头，叫王德顺，那才叫疯呀，健身、跳水、走 T 台，玩得有声有色。这么一比较，咱们算是低调得多啦！所以呢，我就不在乎那些闲言碎语了。我想这都是你在默默支持我，让我有缘遇见了答疑解惑的短新闻……"

"还有，还有，南溪啊！以前的时候，我都不晓得咱们儿子有多优秀，我现在给你讲讲呗……"

"南溪，儿子的事，我讲得可能不够好！等后面有机会啊，我好好给你讲。对了，下一期的'烽烟医者'，他们呀，给了我命题作文。让我讲讲那段烽烟岁月，甚至要一直讲下去。如果你没意见的话，我想讲讲战友，讲讲我们，讲讲你！我想他们了，更想你……"

刘解放说到这里，眼泪已经止不住地肆意流淌。

1938 年 8 月，烈日无情地炙烤着大地。

空气中散发着腐臭的气息，蚊蝇成群结队地围攻着西南联合医院住院部的纱窗。

西南联合医院伤员病房内，刘玉坤正屏气凝神地为新入院的负伤官兵进行伤口清理与缝合。

豆大的汗珠顺着他清秀的脸颊不时地凝结滚落，粗布衣衫的后背早已湿透，成一片弧形轮廓。

"小哥哥，你歇会儿吧，谢谢你救了我爹。"

说话的是一个七八岁的小女孩。

言语间，她稚嫩的小手高擎着一块浸过凉水的毛巾，翘首以盼地等着刘玉坤快点儿接下来。

只顾着埋头干活的刘玉坤，忽然听到一声厉喝。

"玉坤啊，你个呆子！咱们蓉城首富家的千金给你递毛巾都不接着，胆子不小呦！"

他闻声抬起了头，只见一位身着戎装的长官正笑着朝他挤眉弄眼。

刘玉坤倒是老实，答道："我活儿还没干完，待会院长要来检查……"

"院长？院长听我的！让你歇歇，你就歇歇。"这长官虽然长相威严，但笑起来倒也慈眉善目，不像个不好说话的人。

这时，他才怯怯地将目光落在了眼前的小女孩身上。

一身裁剪合体的浅粉色镂花棉质布衫，头发挽成好看的发髻，粉扑扑的小脸一直挂着笑，似乎没有因为手举的时间过长而心生怨恨。

她细长而明亮的眼睛煞是好看，刘玉坤接过毛巾胡乱地擦了一把脸，直勾勾地盯着她的小脸儿看得入神，竟然一时忘记了道谢。直到那长官提醒他："哎，人家小姑娘娃儿可是把手都举酸了，你小子还不赶紧说声谢谢。"

"哦，谢谢，谢谢……"刘玉坤这才如梦初醒，窘得面红耳赤地连忙致谢。

"不用谢哦，我叫朱南溪，去年已经上了私塾啦，你叫什么？"小女孩倒是不怕人，盯着刘玉坤，扑闪着一双灵动的美眸笑问。

"我叫刘玉坤，刘邦的刘，玉佩的玉，朗朗乾坤的坤。"刘玉坤急忙回应着。

"哦，这，这名字好土呀，小哥哥。"

小女孩说完，"扑哧"一笑调皮地跑开了。

落得刘玉坤怔在原地，尴尬得不行。

那长官倒像是看热闹，早已笑得前仰后合了。

就在这时，一个身着白大褂的中年男子走了过来。

白净的脸孔上鼻梁高耸突出，山根上架着圆溜溜的玻璃眼镜，看起来颇有些喝过洋墨水知识分子的新潮与气度。

见到刘玉坤傻站着，来人扬起了手指着他问道："刘大夫，今天的工作任务完成得怎么样了？"

来的不是别人，正是这里的院长戚授南先生。

刘玉坤被这么一问，整个人不知如何作答才好，慌乱地搓着双手，用以缝合的线针都差点刺中了掌指。

"院长，我……我……"刘玉坤说话时自感舌头打卷。

"小刘，你今天是怎么了？昨天可是很麻利的嘛。"戚院长微微蹙眉，并没有质问，而是颇有些关切地笑问道。

"这小子情窦初开了吧？人家可是个七八岁的小女孩，不过生就一副美人坯子，长大了肯定标致。"长官一边说话，一边满脸暗暗戳戳地挂着笑。

"哎！长，长官！你可不能这么说我！这，这让我以后怎么做人？"闻言，刘玉坤羞躁得满面通红，清秀白皙的脸颊上仿若裹了层红布。

"哈哈哈，这是什么情况？"院长见状也来了兴致，似乎这毛头小伙儿的八卦趣事，比那上海滩万人空巷的电影《渔光曲》还要来得惹他关注。

"戚院长好，也没啥！刚才呀，咱们蓉城的朱家千金特地来感谢刘大夫对其父亲的救命之恩。我见他一直在忙，就嚷着让他歇歇。我作证，这小子绝无半点想偷懒的心思。换言之，这家伙不仅勤快，还聪明非常呢！"戎装男子言语间，下意识地摸着下巴上钻出来的胡茬，若有所思地笑道。

"呦！不错不错嘛！刘大夫才十八岁，年纪轻轻，却已是医术精湛，名扬宇内。实在是后生可畏，前途无量啊！"戚院长忍不住大发感慨。

"医术上，我倒是觉得他没有问题。哈哈哈，让我担心的是，这家伙从此以后，万一再看到好看的小女孩，是不是也这副眼神呢？那样可就不好了呀！"长官揶揄道。

听闻他这么言说，刘玉坤顿时羞臊难当。即便如此，他也只能是敢怒不敢言，任由这位长官在那里添油加醋地寻他开心了。

这一切都看在了戚院长的眼里。

顷刻间，他豁然开朗般地拍着刘玉坤的肩膀，一脸肯定地笑道："不管别人怎么说，专业上你就是天才，我信你，加油干。"

时至今日，刘解放都还依稀记得初遇朱南溪时的情景。

不巧的是，他那激情迸发的追忆思绪，被汉东大学附属医院党办的电话无情地打断了。

大约是党办主任感觉自己在电话里口述不清吧，在确认刘解放在办公室之后，她便亲自奔赴过来。出乎意料的是，她并非单枪匹马，还带了个"随从"。

刘解放定睛一看，原来是人事科科长。

两个人都是忧心忡忡的样子，从外观看去，青年人的神采压根儿与她们俩不搭边。还没等刘解放问个究竟，党办主任就向人事科科长递了个眼色。

先是人事科科长滔滔不绝地倾倒了一堆苦水。

接下来，是党办主任按捺不住内心的崩溃。

"刘老，您来评评理，这都是些什么人呦！前面已经安抚过了，现在又来闹着离职。按照陈院长的说法，兵来将挡水来土掩，只要是再次申请辞职的员工，直接签字同意滚蛋！"人事科科长早已激动得面颊绯红，像是喝了半瓶"二锅头"似的。

"是啊，感觉都是些出尔反尔的主儿。安抚他们的工作已经被分派到各个党支部，据说党支部书记苦口婆心，各个科室都走了个遍儿，还是有人唱反调。要我说呀，爱走不走，绝不挽留。"党办主任的嗓音不由地抬高了八度，看那仗阵，着实被这帮离职潮的同事们搞得精疲力竭了。

"哎，别激动呦！"刘解放听完后，立即安抚着笑道。

"怎么能不激动啊！陈院长要是审批下来，一百六十几个打了申请的都通过，整个医院很多科室的停摆真要避免不了了！刘老，求求您了，您可得帮我们想想办法呀！"人事科科长不无忧虑地哀叹道。

"是啊，万一陈院长听闻这事儿恼火得不听规劝，直接签字放人，那导致的后果真不堪设想啊！"党办主任也忍不住嗟叹道。

"这个……"刘解放陷入了沉思。

过了好半天，刘解放依然没有正面回应。

两个人不晓得刘解放的葫芦里卖的是啥药，焦急得像是热锅上的蚂蚁。

越是急躁，越是说错话，做错事儿。

她们两个居然不约而同地开口称这是院领导的事，还是直接推给陈院长定夺算了。

叨叨完这些之后，她俩又深感不妥，刚才吐槽的内容大有不作为的潜在嫌疑，担心被诟病，又有些怯生生地要追回此前说过的话，希望刘老可以不计较。

刘解放才懒得管这些陈芝麻烂谷子的闲事儿呢。

按照他的内心想法，我只要做好顾问就 OK 了，其他事儿貌似与我也没啥瓜葛吧？不过，她们两个大约是早已看出了刘老的热心，所以一遇到这么棘手的难题，还没通知院长大人，就直接奔来找他这个大师级的军师支招了。

"刘老，其实啊，即便我们不来找您，陈院长也会来找您的。所以，既然这都是迟早的事儿，您还是帮着想想办法吧。"人事科科长倒是不拿自己当外人。

"按照我与医院的协议呢，其实这些都不在我的管辖范围。我真正的工作范围是思政教育。"刘解放摊手耸肩地说道。

见状，两个人面面相觑，都以为这刘老爷子掉链子了，在推脱呢。

他们原本脸颊上升腾起的一丝朦胧悦色，也顷刻消散殆尽。

取而代之的，则是一种不可名状的怨气。

"刘老，您大人有大量。求求您了，这事儿怕是除了您，真没有谁有这个分量去解决了。"党办主任先是哭丧着脸，求情一般地说道。

接下来，人事科科长也忍不住了，几乎是带着哀腔地说道："刘老，您要是见死不救，我们真没别的办法了。如果您还有印象的话，前天您开完'烽烟医者'讲座之后，离职申请迅速撤掉了三分之一。那个消息真是空前绝后地令人振奋！可是如今，也不知这些人中了什么邪，竟然出尔反尔，着实令人头疼不已……"

刘解放并非事不关己高高挂起，只是想暂且观望一下事态进展。毕竟他这把年纪被邀请过来继续发光发热已有人颇有微词了，如若他还不知收敛地大包大揽，怕是会惹来更多非议。长此以往，不仅不能达到所谓的顾问效果，或许连自己能否继续待下去，也会是个未知数了。

通过这几天对党办主任和人事科科长的观察，刘解放看这两个人早已焦头烂额，如果此时自己不出手相助的话，还真有些说不过去了。至于那个陈光明，依照他的精力和能力，摆平这事儿也够呛。念到这里，刘解放开始动了恻隐之心。

他缓缓地推开座椅，颤巍巍地支起身子。

党办主任和人事科科长立即恭敬地过来将他扶起来。

刘解放倒是摆摆手，那架势似乎是说根本用不着别人去扶，自己硬朗得很呢。即便如此，两个女子还是免不了献殷勤般地并不急于松手。

直到刘解放甩开双臂在房间里来回踱步，她们两个才勉强地撤离了双手，就这样疑惑地凝视着刘解放许久，心里念叨着这老爷子脑袋里到底装的啥想法？为何迟迟不见拒绝，也不见应允呢？

两个人观察得崩溃的心都要有了。

刘解放才慢条斯理地笑问道："给你们俩分派一个任务？"

"唉！刘老呀，都什么时候了，您还有心思分派任务？等这事儿结束了再分派也不迟啊！"党办主任蹙着眉地唉声叹气。

"是哎！刘老，我们现在都急得像热锅上的蚂蚁一样了，实在是没有精力来接纳您分配的任务啊。能不能调换个时间点再来分派呢？求求您赖……"人事科长一脸哀求地叹道，情急之下京州方言的尾音都抖搂了出来。

"瞧你们俩，这一唱一和的！那么点小心思，我都懂哦！其实呢，我是想告诉你们，分派的任务，与这次核心问题的迎刃而解有直接关系，所以……"刘解放讳莫如深地说着，那气定神闲挥斥方遒的姿态俨然烽烟战场上统领千军万马的主帅。

原本还心生腹诽的俩人，听闻刘解放言说接受分派的任务就可以让棘手问题迎刃而解，顿时就来了兴致，连忙缠着他探询个子丑寅卯。

"刘老快点说呗，都是些啥任务？"

"对啊，我们一定全力配合！"

"…………"

俩人你一言我一语地立决心、表态度，甚是期待刘解放带来惊喜。

"院庆那天发生的事，难道你们都忘了？"刘解放一脸的神秘莫测，不禁让俩人面面相觑。

"哪里敢忘，简直太惊险了。"人事科科长摇头叹道。

"是啊，要不是宣传科科长把您请去，那个围还真是难解。"党办主任忆起当天的情景，也不禁连连嗟叹。

"没忘记就好，我也不卖关子了，直接说要害。"刘解放扫了俩人一眼，见两个人都凝神静气地盯着他，便晓得两人被他镇住了。

"快点说，快点说哎……"

"是啊，快点说呀！"

两个人忍不住连连催促。

刘解放瞥了她们一眼，摇头道："也没什么好说的，那个方法很多人都晓得的吧！要不你们想想看？"

"到底是什么呀?！"

"是哎，刘老，您就别磨叽了！"

俩人几欲崩溃，一副生无可恋的模样。

见状，刘解放实在是不知说什么才好了。

按理说，前车之鉴，怎么着都该记住的吧！

没想到，好了伤疤忘了疼。

只晓得当天的突发事件，却将化解危机的方略忘得一干二净，实在是不可思议！

"你们呀，你们这些年轻人，真是个个粗枝大叶。"刘解放不禁轻拍桌面，貌似对于她们疏于总结经验教训的做法很有意见，原本想直抒胸臆的念头，也顿时收拢住了。

"刘老，您老想批评就批评嘞，反正咱们脸皮厚，怎么说都成。但前提是您老得赶紧帮我们支支招，不然后果真是不堪设想！"人事科科长木然中透着机敏。看样子，早已被这刘老爷子磨得没了脾气。

"我这人呀，生就不喜欢批评，更多的时候呢，倒是更喜欢褒奖。但前提是真做得好，而不是弄虚作假。否则的话，我是绝对不会饶恕与认同的。"刘解放掷地有声地说道。

"刘老，您倒是快点哎，怎么着咱们又把话题给绕远了呢?"党办主任焦躁地都黑起了脸来，耐心仿佛早被消磨殆尽。

"不是我想绕远呀。你们俩，怎么就没点数呢！那么大的事，发生了，结束了，难道没有一点总结性的文字保留下来吗？这可都是处理问题的高效法则！瞧你们这大条的样子！唉……"刘解放摇头哀叹道。

见状，人事科科长倒是沉思了起来。

想了好半天，终于想起了当时的处置方法。

"呦呵，我想起来了。"人事科长银铃般的嗓音响起，整个房间的目光都齐刷刷地落到了她身上。

"想起啥了？你倒是快点儿说呀！"党办主任忍不住摇晃着人事科科长的手臂，心急如焚地说道。

"那天，我们联合派出所户籍中心，查阅了闹事者家族的资料……"人事科科长言说间，脸上漾起丝丝胜券在握的晕光。

"这有啥子用呦？"党办主任摇头撇嘴。

"用处可大着哩！你听我细细说来……"人事科科长越说越起劲儿，听得党办主任都不免心生丝丝惊叹。

"当时，刘老就是借助这个呀，将职业医闹者还有离职者的家族长者都抬了出来，通过一番晓之以理动之以情的互动，将整个沉闷而火药味十足的场面，顷刻间化解得烟消云散。"人事科科长豁然开朗般地说道。一边说着，一边掰着指头数着当时的刺儿头来。

"莫非这次也故技重施？"党办主任如蒙大赦。

"你们终于想通了哎，想通了真的就好了嘛。这世界再也没什么比借力发力更巧妙的了吧。"刘解放的哲思智慧总能让人醍醐灌顶，茅塞顿开。

"那我们赶紧去办吧！把这次辞职的主导名单列出来！然后呢，尽快与户籍处联络，追踪溯源。接下来呢，再将这些盘根错节的事儿一件件解开……"人事科科长了然于胸地念着。

"没问题啊！你统计好这次领头离职的主力。我呢，马上就与公安户籍管理处交涉。争取让他们释放更多的资源，以利于我们尽快实施有的放矢的新方案。"党办主任原本焦躁得如同烟熏火燎的状态，此刻也多少宁静了几分。

"我们分头进行吧！"人事科科长展开笑颜道。

"那好，这样的话效率会更高。而且有刘老为咱们坐镇指挥，看来是要做一票大的了！"党办主任跟着笑逐颜开。

"你们俩呀，现在才算明白我的良苦用心。"刘解放也跟着笑。此刻的他，已彻底消融了方才的偏见与起伏，恢复了一贯的平静若水。

"到底是刘老呀！真是教会了咱们后辈很多受益匪浅的工作方略和操作方法呢！"人事科科长兴奋地道。

"少拍马屁，赶紧的！"

刘解放摆着手，示意她们以工作为重，不要扯东扯西说这些影响效率的恭维话。

见刘老这么说，她们俩即刻分头行动了起来。

刘解放如释重负地松了口气，泡了杯龙井，燃起一支大前门，房间里云雾缭绕了起来。

"见到大前门，就像见到毛主席……"

刘解放抽着烟，摩挲着烟标，泪水模糊了视线。

"人啊，一旦老了，就会怀旧，忍不住地怀旧。看来，我也不能不服老啊，不然这怎么总是念起旧事呢？"刘解放自言自语地感叹着。没几分钟，整支烟便只剩下了一叠烟灰。

他将烟蒂直接捻在了烟灰缸里，接着开始品茗着上好的龙井茶。

一丝沁人心脾的绿意顷刻泛上心头，清雅之气如余音绕梁，馥郁芬芳。

刘解放在闲暇的时间里，一直在思考着一个问题。

人活着，到底是为了什么呢？

离世时，又将归于何处？

虽说老战友们会开玩笑地说，我去见马克思，去见毛主席去了。然而当轮到了自个儿，心中多少还是有些凄然。

健康地活了这么大岁数，已算是幸运之至。就目前的状况，战友中活到三位数的寥若晨星。即便是放眼世界，活到三位数的老人也堪称奇迹。如此算来，苍天留给自己在这个世界上的时间并不会太多，要惜时如金，需要做的事情，要尽快。

这样，即便自己离开，也不会有太多不舍与遗憾。

然后就可以去见日思夜念的南溪了，已经让她孤单了太久……

时光如水，白驹过隙，挥霍时间是年轻人的事。对于一个九十岁的老人来说，每一年、每一月、每一天都是珍贵的。不对，应该是每个小时，每个分秒都是珍贵的。

既然还有机会来曾经战斗过的地方继续发挥余热，在生命的书页，多留下一些痕迹，似乎比什么都来得重要。不顾外人言语，做好自己可以做、可能做好的事情便已足够。

"南溪，我闭着眼睛和你说话呢，我的想法你能感受到吗？你会支持我吗？忙完这一切，我就来找你，等我……"刘解放躺靠在实木座椅上，身后是一小块棉靠垫，刚好可以让他躺得比较惬意。此刻，他双掌合十，高过头顶，泪流满面。

就在这时，门被轻声地敲响了。

他下意识地挥舞着手臂，胡乱地擦拭着泪水。

他怕自己的小心思被人看到。

他怕与南溪的"独处时光"被人打扰。

他怕……

他没什么好怕的。

一秒直立，起身开门。

映入眼帘的，不是絮絮叨叨的党办主任和人事科科长，而是他的兼职秘书刘汉东。

才几天不见，这小子又黑又瘦。

不过，看起来倒还是精神得很。

站在刘解放的面前，这小子竟然行了个并不标准，却有模有样的军礼："首长好！我是您的秘书刘汉东。接下来的工作，请指示。"

"哈哈哈，小子，不必拘礼。咱们这是地方医院，不是军区医院，不要搞得这么隆重，随意就好，随意就好！"刘解放就势拍拍刘汉东的肩膀，笑容可掬地说道。

"是！首长！"刘汉东仿佛被提前植入指令，举手投足间尽是些军区医院的做派。

"哎，我看啊，你小子八成是中邪了。简直就像是回到了咱们当年的八四医院啊！"刘解放虽然嘴上推辞，但心底早已乐开了花。

"对啊，首长！解放军第八十四陆军医院，是咱们的光荣，红色血脉一直是咱们医院的灵魂所在，您老说是不是呢？"刘汉东一副求知若渴的眼神凝视着刘解放，似乎在急切地等待他肯定的回答。

"好小子，这党性可以啊！你说的没错，红色血脉！灵魂所在！"刘解放稍稍用了些力道，一边说一边捏着刘汉东的肩膀，笑得很是开心。这么多年，能让他笑得这么开心的时间并不多。看来，院领导安排这个秘书给他，若不是煞费苦心，就只能是缘分使然了。刘汉东啊刘汉东，不仅姓氏名字听起来像是他孙辈，目前看来，连性格和修为都足以匹配他这个老朽的意识呢！

"感谢首长认可！晚辈汉东受宠若惊啊！"刘汉东说着，整个人也没了刚进门时的局促。

等刘汉东回过头来时，发现刘老爷子早已从消毒柜里取出玻璃杯，加了一木勺龙井，开水浸上，滤掉头茶，紧接着蓄满全杯。整个动作娴熟连贯，一气呵成。若不是容颜沧桑，单论他这麻利的动作，哪里像是个老人呢？

"小子，这杯茶是你的。凉一下，尝尝这口龙井。"刘解放说着，就将茶水推给了刘汉东。

"首长！首长这也太折煞我了！我是您的秘书，端茶倒水接受吩咐，都是我的分内工作。您这是……这让我怎么受得起呢！还有，万一院长，万一校长知晓了，我岂不是要被他们怪罪？"刘汉东有一些激动，有一些感动，有一些百感交集。

"臭小子！我不说，你不说，谁又会知道呢？再说了，你也不是我秘书，你是我孙子，哈哈哈……"刘解放笑得甚是开心，眼泪都笑了出来。

闻言，刘汉东也放得开了，老爷子以这样的口吻叫自己，完全是没把他当外人啊！特别是那一句孙子，叫得比亲的还要亲呢。他很早就没了爷爷，连他的相貌记忆都已斑驳模糊。即便是看到相片，也很难忆起旧时温馨。这一刻刘老爷子这么称呼自己，他内心深处油然而生一股股暖意，竟也随之叫了出来："首长爷爷好，爷爷好……"

"好小子！不错，没人的时候，咱们就这么来。"刘解放笑道。

"首长爷爷！"刘汉东继续激动地笑道。

"去掉首长，留下爷爷……"刘解放道。

"首……好吧……爷爷……"这称呼变化得太快，刘汉东一时还不太适应，舌头打卷了许久之后，才算是找回了正常的状态。

"这就对了嘛！以后呀，咱们私下就这么叫来着。公众的时候，你随大流！哈哈哈，我刘解放今天真是太开心了，我有孙子了，我终于有孙子了……"刘解放笑得那叫一个开心，每道皱纹似乎都舒展着兴奋。

随后，刘解放净手剥橘，一瓣一瓣地全塞到了刘汉东手里。

他不接下来，不塞到嘴巴里，似乎这刘老爷子就不会放过他。刘汉东也是识趣，全都依着老爷子的意思吃掉了那些甘甜可口的橘子，看刘解放的眼神，这简直比他自己吃掉还要让他舒坦呢！

刘汉东能真切地感受到刘老爷子对自己的宠溺。毕竟这么多年，对自己如此疼惜的人不多了，念起了疏于陪伴的家人，念起了很早就离世的先辈，刘汉东不禁潸然泪下。

刘汉东这次来汇报工作，主要还是为了刘解放这个医院文化顾问的拳头栏目"烽烟医者"讲座的具体安排。从刘汉东提供的院校领导和职工反馈来看，讲座口碑爆棚，颇有意义。

这些积极的反响，无疑使刘解放深受鼓舞。

"好家伙！真可以！真可以啊！"刘解放听闻刘汉东的汇报，不由得眯起了眼，连连点头。

直到刘汉东离开，他们差不多谈了近两个钟头，其间将讲座具体的时间地点都做了细化落实。同时，对于内容也进行了相应的归一化。特别是在刘汉东本人看来，更多人想听的是首长爷爷那个年代不为人知的烽烟岁月……

对于年轻人来说，那段岁月或许只能通过影视剧脑补，而对于刘解放而言，那是流血流汗的过去，是浴血奋战的往昔，是不胜唏嘘的历程，是亲身感受的铭记。

这几日，刘解放特地去雨花台烈士陵园瞻仰战时老友，还有救命恩人吴亚鲁，没有他的指引，或许他不会走上革命道路，不会认识朱南溪，不会成为战地军医，甚至不会活到现在……

剥离岁月沙尘，重归当年，依然需要勇气。

回忆沙场。

老友重遇，旧事重提，伤痛再现……

似乎已成了他目前的工作。

既然大家爱听，那就责无旁贷了。

刘汉东离开之后的时间里，刘解放打开了尘封许久的战友回忆录，里面基本上都是分派在各处战地医院的军医战友当年的纪实印迹。

"任何时候都想到为人民服务，学习白求恩全心全意为人民服务，战争中为伤病员服务，到地方为广大人民群众服务……"

这些只言片语的信息，有些是抗日战争时期，有些是解放战争时期，渗透着当年全国各地浴血奋战的景象。几乎每个阶段，刘解放都曾深度参与，从未掉队。

"风来了，你由着它，便好。雨来了，你躲着它，便是。"

这是回忆录尾页上一段铅笔写的诗句。

刘解放不由得读出了这段文字来。

怎么着都觉得太过文艺，而且还透着丝丝柔弱怯懦的文风。

相较起这些似若消极的文字，他更喜欢毛主席他老人家的热血与豪迈。

"与天斗其乐无穷，与地斗其乐无穷，与人斗其乐无穷。"

合上了军医战友回忆录，刘解放开始翻阅房间内珍藏的《毛泽东选集》。越看越是入神，越看越是热血沸腾。似乎不是看的文字，而是感受伟人的思想洗礼，以及对那个时代的敬畏和追忆。

翌日一早。

校长谢鹏程和院长陈光明双双赶到他的办公室慰问。

见他们个个容光焕发的模样，刘解放一眼便看穿了他们的心思。

果不其然，二人对他走马上任以来顾问工作的开展状况交口称赞，甚至将一些鲜少使用的褒奖词汇，都用成了排比句式，让老爷子内心深处洋溢着小学生被老师夸赞的错觉感。即便是老爷子对当年严厉的私塾先生没啥好印象，但仅有的几次肯定，他还是依稀记得的。

送走了领导，刘解放开始着手准备接下来的"授课食材与佐料"。

不过，并不顺利。

过往的碎片错落斑驳，能够驻留的章节实在是浩若烟海，正是因为这些回忆千头万绪，他才难以取舍，难以下手。

既然无处下手，那就暂且不去下手吧！大不了，依然按照时间顺序去讲，那样也是无可厚非。不过，眼下的问题是迅速稳定"军心"，将职工思想统一起来，为医院创新发展营造群策群力的局面。这些是校院两级领导的最佳预想，也是当下最为棘手且亟须解决的。

正寻思着的当口，他房间的电话骤然响起。

原来是儿子刘国辉打来的越洋电话。

和老爷子汇报他盐州化工厂大爆炸伤患处理结束后，就受邀去澳洲参加重症医学国际学术年会，要等一阵子才能来看望他了。

反正刘解放也是习惯了，而且这阵子，他也比较忙。加上心态趋稳，还半路认了刘汉东这么个亦秘书亦孙辈的欢喜小子，他并没有迫切想要见到刘国辉的念头，相互扯了些关切身体的闲话之后，便匆匆挂机。

他前一刻刚挂掉儿子刘国辉的电话，后一刻新的电话便接踵而至。

电话频率快要赶上人类呼吸的频率了。

起码这一秒，刘解放是这么认为的。

这次打来电话的不是院长不是校长，也不是刘汉东，而是党办主任和人事科科长。听筒内泛起依稀可辨的银铃般嗓音，汇报着公安局户籍处的情况。

看来，事情远没有预想得那般简单。

户籍早已实施了公民保密化管理，没有特别的案情需要以及重大刑事报备，对于公众而言，很难被允许调取其他公民的档案资料。

从目前的状况来看，事情还真是陷入了棘手的局面。即便是她俩拿出了医院的相关证明，户籍处的警官还是不同意她们的请求。

这下子，事态完全陷入了僵局。

哪怕有人抬杠说上次不是可以的吗，这次怎么就不可以了呢？

这就是掺杂着运气和重大事件的问题了。

上次院庆可是有人职业医闹，勉强可以归到突发案情这一档。接着刘汉东族谱的事，也是当时趁着职业医闹那股劲儿，一船过河顺水推舟的事。可是眼下不行，哪怕是职工集体离职，也不过是和平年代的和平事，算不得什么出奇的波澜，也算不上什么人命攸关的案情。所以，被户籍处警官拒绝，也算是合情合理。

看来，有的放矢这一方略，暂且行不通了。

六月的太阳，犹如一团火球炙烤着大地。

热辣辣的阳光掠过汉东大学附属医院门诊楼的楼顶，落在外墙贴满湛蓝色玻璃的肿瘤科病房，过滤掉些许刺目的光线，留下丝丝祥和。

上午九点多钟，正是门诊花园里花团锦簇的美妙时光，不美妙的声音却在此响起。

"有个病人爬到了肿瘤科的楼顶，要自杀！"

"保卫科已经全体出动，目前还阻止不了事态的进展！"

"又是想讹钱吗？"

"好像是，又好像不是！不过病人貌似没有放弃执念的意思。"

"有没有别的办法……"

"要不请刘红军看看。"

"你这人也是够了，人家叫刘解放……"

"瞧我，急得都口误了！"

"别口误了，赶紧的！"

刘解放被请到现场的时候，正好路过电梯旁的公告栏。

发现上午九时半的节点，正好与当日的保安面试时间重叠。

还真是凑巧了。

正好有几个前来面试的男子，因找不到保卫科科长，便找到了这里。

现场呼声一片，焦躁地等待着被传得神乎其神的刘解放来解围！

虽说他年纪大了，动作也慢了，但还是凭借着敏锐的直觉，一眼就在人群中发现了一个熟悉的身影。

"哎，你！过去劝劝他！如果成功，面试就算通过了。"

那个身影一见是刘解放，立时惊愕地掩住了嘴巴，心里不由一阵暗叹："真是冤家路窄，倒霉透顶！怎么每次都能遇到这个老东西呢。"

这是个上身黑色短衫，下身宽大裤衩的男子，黝黑清瘦的脸颊上挂着一丝牵强至极的笑意，只是与他面容颇为不搭的是，本该布满血丝的眼睛却黑白分明澄澈如水。同时，与这副装扮反差极大的是，他脚上蹬的竟然不是人字拖也不是运动鞋，而是一双擦得油光锃亮的黑色商务款鳄鱼纹皮鞋。

此前聒噪的男子，几秒之间变得像尊石像。

半天都纹丝不动，安安然然地站在原地。

这一切都看在了刘解放的眼里，只是他没有继续去点破什么，不过轻声地念了一句："哪位是保卫科科长？"

听闻刘解放的话，一个相貌英挺的男子径直奔了过来。

那奔跑的模样，颇像是学校里被老师点了名的新学生。

紧张、害怕、担忧又惊喜的心绪，就像是此刻阳光照耀下的城市，毫无遮拦地写在了保卫科科长的脸上。

刘解放不认识他，他可是认识刘解放的。

毕竟这位老先生可是院校两级大领导特地请来的元老贵客，而且关于他能力超群的坊间传言他也多少有些耳闻。即便是耳闻得有限，院庆那天的力挽狂澜，也是见识过的。所以此刻相见，他毕恭毕敬，是必要的礼节与尊重。

这一切全落在了几个前来面试保安工作的男子眼里，自然也包括刚才被刘解放钦点的朱海伟。

没错，朱海伟就是院庆那天领头医闹的家伙，当天他可没少被刘解放点名。糗事儿臭名远播得足够他消化个一年半载，这才不过十天半个月的光景就赶来面试保安，貌似在昭示着他洗心革面，痛改前非的决心。

俗话说得好，"重赏之下必有勇夫"。

刘解放自然也是晓得这个道理。

所以，他下意识地环顾了一下四周，继而说道："我刚才的话依然算数！能将眼前这个哄了半天都没有丝毫进展的寻死青年成功救下来，就可以免试直接进入保安队。"

果不其然，这个劲爆的条款一经铺陈出来，前来应聘的保安们顿时趋之若鹜地奔向跳楼男子垂直下方的缓冲气垫。

"你舅舅陈不凡，是当年敌控区一个菩萨心肠的药铺郎中。1943 年不巧腿被鬼子的地雷炸了，实在保不住就在咱们医院做了截肢手术，才算捡回了一条命。唉！你舅舅的脸啊，都让你给丢尽嘞……"

朱海伟的脑袋里依稀回荡着那天的情景。

感觉自己的双腿似铅沉泥重，宛如被捆绑着巨石一般。几步的距离，这家伙几乎花费了差不多十数分钟的时间才走到。

"谁可以？快报名！"

"刘老先生可是有撒手锏呀，瞧那举重若轻稳坐军中帐的劲儿。"

"大人物都是这样的吧，而且貌似刘老先生的身体看起来硬朗着哩。"

"……"

"不好了，这个病人真要跳楼了。"

保安亦步亦趋，关键时刻似乎缺少了一种黄继光式的职业精神。在经济纷扰的当下，这种精神的淡漠，似已司空见惯。

"我不想活了！你们闪开……"

年轻的病人站在七楼楼顶，振臂高呼，一跃而起。

就在这时，所有人都纷纷后退。

朱海伟却迎了上去。

伴随着一声凄厉的痛呼，跳下来的男子被缓冲着安抚在了气垫上，而朱海伟的双臂当场骨折！

"病人被接住了！"

"有惊无险！"

"这家伙也够狠，居然真跳啊！"

"徒手接人的保安，岂不是更狠呢！"

"据说还不是正式保安。"

"那是?"

"入职新人……"

"哈哈，我是不敢，这人真是英勇神武!"

"……"

人群里，总少不了吹风者。

或积极。

或酸腐。

不得而知。

骨科病房内。

刘解放、保卫科科长，甚至连陈光明都赶了来。

这个昔日院庆上医闹的始作俑者，此刻居然成了正面英雄人物，这剧情反转得确实令人猝不及防。

阳光还是那个阳光，城市还是这座城市，医院还是这所医院，病人还是这些病人，只是与此前的不羁与疯狂迥然相异的是，忽然多了些许淡雅与柔和，骨科病房培植许久的绿萝，此刻愈发的生机盎然。

骨科病房内，随处可见纱布与石膏包裹着的病患。

不少人还拄着拐杖，即便有医护家人协助，依然行动艰难。

这不免让刘解放忆起了战时岁月，负伤的战友们在军区医院治疗的场景。那个时候，虽说条件简陋，但有个芮氏家族的骨科医者很是高明，自从他们出现在军区医院之后，伤病的死亡率骤降了不少，而且骨折痊愈的速度也快了好几倍。

刘解放继续若有所思地回忆从前。

走出骨科病房时，迎面碰上了满面愁容的宣传科科长。

这才几日不见，他院庆时的英姿勃发荡然无存，取而代之的居然是蓬头垢面、无精打采，甚至连白大褂都没穿，上身仅套着件松松垮垮的灰白色夹克，袖口还遗有几滴色泽斑驳的油渍。

更加难以置信的是，一向面庞洁净以俊逸示人的他，此刻面色萎黄胡子拉碴，说话时满嘴还喷着刺鼻的口气。

"哎，你这匆匆忙忙的，是要去哪里？"刘解放一把抓住了他的袖口。

宣传科科长微怔的瞬间，还是一眼认出了意气风发的刘解放，赶忙挤出一丝笑意叹道："呦呵！刘老也在呀！唉，真倒霉，别提了……"

原本礼貌的表情，顷刻原形毕露，神情黯淡。

在刘解放的追问下，才了解到他的恩师，也是他的义父，前天晚上淋浴时不小心跌了一跤，直接跌成了髋部骨折。昨晚他已陪了个整夜，这才躺下不过两个钟头，就接到了多学科会诊的电话，忙得牙没刷脸没洗就又奔了过来。按照他自嘲的说法，现在啊是忙得脸都不要了。

宣传科科长向刘解放道别后，转眼消失得无影无踪。

刘解放回头，却又见院长陈光明慢腾腾地走了过来。

"咱们医院骨科怎么样？"刘解放瞥了陈院长一眼，蹙眉问道。

"就像刚才咱们一起瞧的那个保安，肯定会搞得好好的。"陈光明眼皮都不抬一下，直接笑道。

"搞好了，也不过乡镇卫生院的水平。"刘解放摇头叹道。

"为啥？"陈光明仿若瞬间被针刺了一般，下意识地凝视着刘解放。

"一个普通骨折的技术，怎能撑得起三甲医院的招牌。"

"刘老，那您说要怎么办？我们目前就这水平。"

"刚才你见到宣传科科长了？"

"见了。"

"他义父那个骨折部位啊，很麻烦。"

"刘老……"

"他骨折的部位在髋部，我看过相关报道，危险系数极大，被称为'人生最后一次骨折'也就是老年髋部骨折！据统计，老年骨质疏松骨折中，髋部骨折占到了50%以上，死亡率极高。"

"那怎么办？"

"有个办法，你要么本土培养，要么挖人，不然医院怎么大踏步发展？人家能挖你人才，你也可以挖人家。"

"这，这也是啊，那您瞧瞧谁可以，帮我长长眼！"

"这么说，我还倒真是有一个，芮氏家族，你查查看！"

"为啥是这个家族？"

"民国时期，这个家族的接骨水平全国第一！你想想看，祖传到现在，如果还能续存的话，说不定可以……"

"那好，我去查查。"

刘解放回到了自己的办公室兼住处，忍不住搬出朱南溪的相框来，这次他没有像往日那般抒情，而是笑着向她敬了个礼道："朱南溪同志，我向您汇报一下，刚才我视察骨科病房了。虽说现在的病房设施高大上，高大上你晓得什么意思不？就差不多奢华高贵、花钱多的国民党那一套。当然，这样形容也不对，现在经济条件好了，国家都可以保障每个患者能够享受当年高官一样的医疗条件。只是，我忽然想起了一个人，老芮！那个老芮你有印象吧？接骨的那个。你可要保佑我找到他的后代呀，我啊，心疼那么些病人呢！我感觉只有老芮家的骨科是最厉害的，比那些洋鬼子的方法强多了，你千万要保佑我啊。"

才絮絮叨叨地说了一会儿，就听到门外的敲门声响起。

"谁啊！大中午的打扰我休息。"

"汇报首长，我是……"

"这里没有首长，只有刘解放。"

"刘解放，不，刘老好！我是您孙子刘汉东。"

"哈哈哈哈，你小子不早说，原来我孙子来了啊，好好好，爷爷我现在就给你开门……"

老爷子原本蹙起的眉头，在听到刘汉东的声音之后，顷刻舒展了开来。接着，他便轻声对着朱南溪的照片低声叹道："咱们的孙子来了，我去接他一下，待会儿再和你唠。"

刘汉东一进门，还是照例来了个不标准的军礼，搞得刘解放刹那间有种回到当年战地医院的错觉。大约是这小子特地要营造这种感觉，即便是刘老爷子嘴上反对，但内心还是一个劲儿地夸这半路冒出来的懂事孙儿："你小子啊，特有爷爷当年的机敏啊，不然哪里能活到现在。人啊，就要能上能下，才会过得好。不错不错，挺不错的，这小小年纪就懂了个很多人一辈子都不明白的道理。"

"刘爷爷，不！爷爷，是哪句呀？教教我呗！"刘汉东一见到老爷子，就被他一把抓住了，原本还狐疑着的坚冰雪心，顷刻就被暖成了一汪澄澈秋水，整个人都完全放松了下来。

"好，你真想听啊，那我告诉你。"刘解放见刘汉东清澈的眼睛里透着求知若渴的神情，顿时也来了兴致。

"快说，快说，急着呢！"刘汉东也确实是想知道这神秘的劲儿之下到底是哪句话呢。

"牲口大了值钱，人大了不值钱！"刘解放笑笑道。

刘汉东听完后蹙眉思考了半天，才像是彻悟了般笑叹道："啊呀！爷爷不仅是个医者和顾问，还是哲学家！这句话，虽说听起来挺朴素，但蕴含的哲理却不朴素！谢谢爷爷的忠告，我一定恪守这个原则，平易待人，敦良行医。"

"这就对了！我最近看到一本书，里面有句话比我这个有道理多了。对于医学工作者的任务究竟是什么？我们一直都搞错了，我们认为我们的工作是保障健康和生存，但是其实应该有更远大的目标——我们的工作是助人幸福……"刘老爷子说得很是缓慢，全部说完之后，整个眼眶都泛着泪光。

陈光明是个有心人。

用了半天不到的时间，就查到了全省户籍中芮姓人氏大约有近十万。其中尚在工作的大约有六万人。想从这六万人中遴选出刘解放需要的结果，可谓是大海捞针。

为此他特地召开了医院中层会议，来商议此事。

各种版本的策略，都难入他的法眼。

焦躁的心，每天一千四百四十分钟地灼烧着。

完全没有停下来的意思。

三天后，刘解放主动提起了这事。

愁眉不展的陈光明如实告知了他排查的结果。

老爷子并没有怪罪陈光明的龟速，而是下意识地提醒他，可否在本院范围内做个排查呢？

提议很滑稽，成功的可能性甚至无异于彗星撞地球。

既然老爷子这么说，陈光明碍于面子也不能不去做。

然而，老爷子貌似还没讲完，继续言说可以如法炮制拓展到全省医疗系统。听到这个说法，陈光明眼眸里顷刻闪过丝丝惊喜，原来老爷子的思维如此缜密。

接着，借助省卫生健康委的力量，很快排查到全省内芮姓的医务人员大约有六百人。

将六万的基数，迅速降低到了六百。

原本一筹莫展的陈光明，不禁感叹这姜还是老的辣！自己组织中层讨论了那么久，还不如刘解放老爷子一句话产生的效果。当然，他也不能保证能否最终找到他们想要的答案。然而，至少从目前的趋势来看，产生良性结果的可能性无疑是增大了许多。没多久，陈光明就收到了院人力资源部的最新反馈，本院内芮姓职员有十五六个。

从六万人缩小到了六千，现在又迅速减少到十多个。

虽说理想成分较大，但起码可以佐证陈光明对刘解放方案的积极态度。

周五下午14：00，"烽烟医者"讲座如期举行。

行政楼医院文化会议室，座无虚席。

甚至平日里难得一见的院校领导，都安然落座静默聆听。

　　中途陆陆续续又来了十多个职工，实在没有座位，都轻手轻脚地站到后排旁听。这次，刘汉东没收门票，而是将大把的时间用在了精心设计海报和布置场地，以及照顾刘解放老爷子身上。

PART ❸ 第3章

抗　战

抗日战争爆发后，中央大学西迁入川。

中央大学及附设医院迁往成都，并与齐鲁、华西两校联合建立"三大学联合医院"，公推戚授南教授担任西南联合医院院长。

1938 年 10 月，仲秋的微风掠过城市街巷，空气里人群间依稀泛着紧张的战事气息。刘玉坤从报纸上获知广州、武汉相继失守，抗日战争进入了战略相持阶段，山河破碎，前景不明。一芮姓接骨医学世家捐出了全部身家供国家买枪买炮买飞机，最后连委身之所都没剩下，一家老小只好投奔到西南联合医院，因缘巧合下帮助戚院长成立了中医骨伤科。

"芮大夫好，芮大夫您瞧瞧，真是要命，这老烂腿折腾我半年多了，前线杀鬼子都没法去，只能在后方干着急，咱这扛枪的人，怎么说躺着就躺着呢。前面西医都说早锯早好，现在我实在是忍不住了，您看这里已经烂了一块肉，怎么治也不愈合，要不帮我锯掉算了，再套个假腿，也照样上战场。"

过了一阵子，那个长官又来了。

只是这个长官模样的男子，这次找到芮老先生，几乎是哭丧着脸地哀叹道。

"刘玉坤，前面是你给陈长官换的纱布吧？"芮老先生摸了摸飘散的白须，正巧看到刘玉坤从身边急匆匆地走过，一下子就喊住了他。

闻言，刘玉坤还以为自己犯了什么错，顿时赔着小心走了过来。

长官模样的男子也一眼认出了眼前这个清秀少年，不过十八年华的刘玉坤，看起来气宇不凡分外俊逸。而今战时，这好相貌有些生不逢时。

"小刘！小子，又遇到你了啊。"长官一见刘玉坤，顿时流露出一副极为熟络的模样，刚才还因为忧愁病痛而皱起的面容，此刻也舒展了开来。

"陈长官好！"刘玉坤礼貌地应道。目光却从长官的身上移到了芮老先生的脸上，生怕自己哪里做得不够好，触怒了这位连戚院长都礼让三分的老前辈。

"我查看了一下陈长官腿上的伤口，你护理得很好，现在……"听芮老先生这么说，刘玉坤悬着的心才稍稍放松了一些。只是手上的活儿比较多，看芮老一时半会儿也没有放自己走的意思，他便壮了壮胆开口道："现在，现在还有好多伤病员的纱布要更换，芮老……"

"我和戚院长说一下，那些活儿很多人都能做。你留下来专门负责陈长官就好了。"伏案组着药方的芮老先生，缓缓地抬起头，望了惊慌失措的刘玉坤一眼，平和地说道。

"这，这不妥吧。我这算是偷懒了吗？芮老先生。"刘玉坤一时还无法接受眼前的安排，每天忙成陀螺的刘玉坤已经适应了那份忙碌，骤然只让他负责一位长官，也就是说活儿瞬间轻松了不是一点半点，而是许多，也难怪他去多想了。

"没什么不妥，后面有更高技术含量的事情交给你去办。"芮老先生道。

就在这时，身着长衫的戚院长风尘仆仆地赶来，腋下还夹着一本厚厚的《放射诊断治疗概要》，看样子是给医学院的学生们上课结束了。

果不其然，接下来戚院长的叙说也证实了这点。

"呦呵，老陈你来啦，怠慢怠慢……"戚院长拍着那位长官的肩膀，语意致歉地叹道。虽说都是些套话，但从戚院长的面上来看，却真是饱含歉意，并非一般人说话时那般虚假。

"又给学生上课去啦？我都晓得，晓得呢，这里不是有芮大夫照应吗？好得很啊！能请到接骨神医芮氏家族加盟西南联合医院，戚院长的面子够大，够厉害！"陈长官说着，不禁朝戚院长竖起了大拇指。

"戚院长好！"刘玉坤也不是不懂礼貌的人，见到戚院长依着陈长官身边坐了下来，也便热情而拘谨地打着招呼。

"小刘你也好！"戚院长说着，下意识地打量着紧张到双手乱放的刘玉坤，刚想继续说些什么，这时芮老先生发话了。

"承蒙戚院长看得起，收留了咱们芮家，不然还真要流落街头了。"芮老先生感激地说道。

"芮老啊，这是哪里话呀，老陈都说了，能请到咱们接骨大师加盟，实在是我戚某人的福气。"戚院长立即抱拳行了个拱手礼回应道。

"这些客套的话，咱们就不说了，先说说陈长官的腿怎么治吧！"

"要截肢的话，就截吧。这些烂肉可把我折腾坏了，几个月里，躺也不是坐也不是，我算是想通了。"陈长官顿时哀叹道。

"我看还有得治，不过……"芮老先生慢条斯理地说道。

"不过什么……芮老请说……"戚院长立时来了兴致。

"不过得安排个靠谱的人跟着，才能确保疗效！"芮先生道。

"靠谱的人？跟着？"戚院长瞪大了眼睛，来回扫视了四周一圈，最后将目光落在了刘玉坤身上。

"戚院长也看到了，我觉得刘玉坤这小子可以，就等着您发话了。"芮老先生淡淡地说道。

"哦……可是……"戚院长顿时也犯起了难地叹道。

"可是什么?"芮老先生问道。

"可是这小子换纱布是一把好手啊,那么多人里,他可是做得最好的,感染率最低,手脚也麻利……"言说间,戚院长似乎对刘玉坤的工作状况了如指掌。

"那不是屈才了吗?这么一把好手。"芮老先生叹道。

"这……"戚院长沉吟道。

"换纱布技术含量低,培养其他人都可以做,但眼下我安排的这个工作技术含量要高很多,其他人怕是无法胜任。"芮老先生紧接着道。

"那好吧!芮老加盟医院这么久,第一次向我开口,我也不能驳您的面子。"戚院长虽有为难,但还是勉强应允了芮老先生的请求。

陈家大院。

陈长官依照芮老先生的医嘱,宛若绣花一般地将"秘方"药液敷贴在患处,仔细察看时,立时惊喜地合不拢嘴,大呼小叫地嚷着家人过来看。早就厌烦了伺候陈长官的姨太太们,半天也没个动静。他气哼哼地扔了拐杖,挨个房门用力地敲着,嘴巴里骂骂咧咧道:"他娘的,不就是老子几个月……你们等着瞧啊,一人给我生两个带把的,老子我要组建个娃娃军,教他们扛枪打鬼子!"

即便是陈长官操着破锣嗓子吆喝,那些身着华衣锦服、忙活梳妆刺绣麻将的姨太太们,依旧仿佛没听到一般。

这时,背着柴篓的刘玉坤,一边拂袖擦着脸颊的血道子划痕,一边欢快地奔跑叫喊着:"陈长官,那些芙蓉花呀,都让我收来了,收来了……"

大约是过于兴奋,根本就没有注意脚下的路,更是没有注意侧边打开的房门,他与陈长官的三姨太撞了个满怀。那姨太太倒是没事,他自个儿则人仰马翻。三姨太还没回过神来是怎么回事儿,她身旁锦衣华服的小女孩已经踩着小碎步急切地上前扶起了刘玉坤。

"小哥哥，你怎么这么不小心呢？瞧你这脸……"

"你？咱们好像见过？"

"对哦，两个月前，谢谢你救了我爹呀！"

"你叫？朱……"

"你才叫猪呢！人家叫朱南溪，记住了，朱雀的朱，江南的南，溪流的溪。"

"我不是那个意思，不过谢谢你扶我。"

刘玉坤与朱南溪简短地对话后，三姨太立时扯起了这女孩儿的小手，紧紧地抓着，朝陈长官的方向挪步而去。

"这才俩月不见，你这哥哥家的闺女更加清秀水灵了呀！"陈长官见朱南溪除了模样生得俊美之外，还聪明灵秀，忍不住夸赞了起来。

"这要看是谁生的呀！龙生龙凤生凤，老鼠的儿子会打洞。咱们朱家的基因好呀！不论男娃还是女娃个个模样俊俏聪慧有加。"三姨太莞尔一笑，那婀娜身姿、那缤纷玉指，举手投足之间实在是风情万种。

"既然田地这么好，那咱就生一窝，敢不敢？"陈长官不羞不臊地咧着嘴笑着。

"大白天的，当着孩子的面，你老陈够了呀！快点别嘚瑟，我来扶你好生坐下，等你全好了，咱们就计划一下，明年卯后年辰，都是不错的生肖。"三姨太脸颊一红，娇嗔地戳了陈长官的额角一指头，扶着他一瘸一拐地回厅堂。

待他们坐下，刘玉坤准备将新采集来的干枯芙蓉花，放在水中浸泡。还没等他浸泡完全部芙蓉花，便被朱南溪一把抓住，拉到了厅堂，按着坐到了红木椅上。她粉色樱唇不住念叨着"坐下歇歇，坐下歇歇哦"。

闻言，陈长官和三姨太都忍不住面面相觑，而后相视一笑，转头对着刘玉坤道："刘大夫也是我的救命恩人，快坐快坐。"

刘玉坤叨叨着："陈长官这是要折煞我呀，不敢不敢。"

正谦让着，陈长官已将一碗上好的花茶塞在了他手上，言辞诚恳地说道："我这腿多亏了你呀，真是辛苦你了！"

那一刻，刘玉坤几乎是要感动得泪如雨下。

这一年多来，没了爹娘，没了朋友，没了家人，可谓是吃尽苦头，哪里有人这样对他客气地说话。当然，上天能给他留下一条贱命，比起那些不幸殁于战火的冤魂，已是眷顾有加。在他看来，先活着吧，活着就好了，活着就有机会给父母亲朋报仇，活着就有机会重返家园。

按照芮老先生的嘱咐，芙蓉花要选择自然凋零的才好。他果然是个靠谱的人，即便是已经干枯却不曾凋落的芙蓉花，他愣是让它们完好地保留着，直至花残香沉。采摘完毕，也不是扔进水中便可浑然天成，还需要花瓣变成透明蛋白丝状才是最佳状态。这样就可将蛋白丝贴于患处，每天一换，第三天把前两天用过的芙蓉花清洗后反过来继续使用，不出三天可长出新肉，到第四天可痊愈。

一碗香气四溢的清茶入肚，刘玉坤浑身说不出的舒坦。他正要说些感谢的话，却被前后赶来的陈长官姨太太们的语笑喧阗给打断了。

刘玉坤大抵是晓得的，古时有正房妾室之说，法律上也都有章可循。而眼下是新时代，按照常理讲，陈长官这样享齐人之福，也是不被允许的吧！可是眼下正值战乱，各种平常不被允许的状况，也便司空见惯了。

见姨太太们叽叽喳喳着，刘玉坤趁机溜了出去。

他刚才的活儿还没做完，所以赶紧奔到柴火房，将此前浸了一半的芙蓉花全部细致地浸好。

"这次的芙蓉花用完就没有了呢，要等明年了，陈长官的腿伤快快好吧，他的伤恢复了，我就可以回医院工作了，那么多伤员还在等着我！"刘玉坤码完最后一枝干枯的花朵，情致黯然地叹道。

做完这些，才要起身走出柴房，就听到浩浩荡荡的人声从远处传来。

"他们几个偏要瞧瞧这伤口，这一瞧可不要紧，竟然好几处全长好了。还有两处也在愈合的路上。芮老爷子真不愧是誉满九州的神医啊！神了神了！我还真以为这条腿要锯了呢！要是真听信了那几个洋老外的西洋医术，怕是要装上假肢喽！对了，还有那个刘大夫，这人真是靠谱，看来芮老爷子不仅医术了得，识人的能力也是一流呀！"陈长官洪亮的嗓音在院落内回荡着。他一点都不怕得罪什么洋老外，还有那西洋医术，毫不吝惜对芮老爷子施以各种溢美之词，对刘玉坤各种赞誉。

这些夸赞的话，听得刘玉坤都不免面红耳热。

不由地低声念叨着："要谢肯定要谢芮老爷子的吧，我不过是个干活的，换成任何一个人来干这活儿，应该也都是没有问题的吧！"

正念叨着，忽然听到远处传来阵阵枪炮声。

原本还熙攘的院落，霎时陷入了死寂一般的沉静。

过了好半天，就听到陈长官大声喊着："妈的，一定是小鬼子杀到附近了，咱这腿都好了，我这个国军的纵队长，可不能带头充孬种啊，保家卫国！上前线……"

刘玉坤再次出现在西南联合医院的时候，黑压压的伤员已从病房延伸到了边门。戚院长不安地在医院门口来回踱步，见刘玉坤过来，他紧锁的眉头方才舒展了开来。

"刘玉坤，你小子总算是回来了。"戚院长忍不住激动地说道。

还没等戚院长说完，陈长官就一把拉住了刘玉坤，劈头盖脸地说："你这个家伙怎么说走就走？我的腿才刚刚好，难道她们你就不管了吗？"

"她们？"刘玉坤简直不敢相信自己的耳朵。

在他看来自己不过是一介普通的小大夫小下属，怎么可以拥有这样高的"地位"，还要管着"她们"？总之，他是各种不相信自己听到的一切。站在旁边的戚院长，瞧出了端倪，立时将陈长官拉到了一边，压低着嗓音感叹道："你的腿好了就算了，怎么可以光天化日之下抢我的人呢?!"

陈长官头一歪,满嘴歪道理不依不饶道:"我马上就要上前线打鬼子去了,我走了之后,我那些姨太太谁管呢?再说了,这个家伙在我家的这段时间里,已经和她们混熟了。我正寻思着找个人照顾那么一大家子呢。看来看去,只有这刘玉坤最合适了,你这边换纱布的人太多了,根本用不到他。这小子是个人才,所以在我那边,才会有更好的用处。你戚院长就让给我算了。"

戚院长一时犯起了难。

在他看来刘玉坤本来是他的人,被这个半路杀出来的陈长官这么一说,竟然变成这个黑脸壮汉的人了,这着实让戚院长有说不出的郁闷。

但碍于情面,戚院长拍了拍陈长官的肩膀,接着又依依不舍地捏了捏刘玉坤的手腕摇头叹道:"国难大于天,如果你真的觉得刘玉坤对你来说更为重要的话,我可以让给你!但在我看来,在他稍微清闲的时候,可以到咱们医院来帮帮忙,也算是为国家的战事出点力吧!"

见戚院长这么说,陈长官也能体会到他的爽气!原本气势汹汹的他也变得柔和了起来,笑吟吟地朝着戚院长挤眉弄眼道:"我就说嘛,你会让给我的,当然了,现在是非常时期!在刘玉坤忙完家事的时候,也可以过来帮帮忙,这点倒是没有任何问题,我可以帮他做主,但千万不要把他累坏了,这样的人才是要善待的,未来国家还要靠他们呢,只有汇聚了各条战线上的英才,抗战才能胜利,国家才有希望。"

刘玉坤听着陈长官夸奖他的那些话,不由得臊红了脸。

站在一旁的戚院长倒是并不觉得有什么不妥,附和陈长官道:"你说得对呀,这个非常时期,国家最缺的就是人才,特别是像刘玉坤这样的一专多能,我想不管是谁,都不会舍得放手的。"

见戚院长也这么说,陈长官更像是捡了宝一样乐开了花,接着便将戚院长拉到了一边低声耳语了一阵,随之哈哈大笑地抓着刘玉坤的手臂，朝自己家的方向踱去。

再次回到陈长官的军官大院。

只见一个相貌英俊的男子，已经等候陈长官多时了。

陈长官一把抓住这个男子的手，按在了刘玉坤的手上，热情地介绍道："这位是我们骁勇善战的秦副官，不仅人生得英俊，能力也强，这几次胜仗多亏了他力挽狂澜。"

秦副官立即掀了头上的军帽，撇嘴道："呦呦呦，别抬举我，我怕摔着。"

陈长官见状，哈哈笑了起来。

片刻之后，又用力地拍了拍刘玉坤的肩膀道："对了，我差点忘记说了，这位呢，是我的救命恩人呐，叫刘玉坤，我的腿就是他帮我医好的。"

虽然刘玉坤执意想提都是芮大夫方子的功劳，他不过是个执行者而已，但陈长官根本就不给他说话的机会。

陈长官绕开了几房姨太太，特地将刘玉坤和秦副官带到了自己的书房。压低声音对着他们交代道："我他妈的最痛恨小日本欺负我们！老子的手已经痒了好几个月了，现在腿也好了，我老陈明天就到战场上去杀鬼子！这次谁也不许拦我，家里的杂事，就交给你刘玉坤了。当然，上了战场以后的生死，我想也只能交给你秦副官了吧！"

刘玉坤听得有些发懵，原以为陈长官的腿伤恢复，是一件极好的事情。一来验证了芮氏家族祖传医术有多么逆天，二来他夸下海口生一窝带把的小子打鬼子的"梦吃"说不定也好实现了。只是眼下搞得跟个告别仪式似的，着实令他心有凄然，只是不好说出来罢了。

秦副官和陈长官熟络得很，听他这么言说，顿时打哈哈了起来："我说陈老哥，就算是鬼子死了八遍也没你的份儿啊。你不想想看，这么多战火都经过了，哪一次你不是死里逃生？简直就是被九条命的不死猫王罩着，所以啊你就别扯淡了，咱们等战争全部结束了，好生喝酒……"

"用不了战争结束，想喝就喝呗。对了，我才搞到一批上好的女儿红，前阵子腿伤，想喝也不能喝，现在你来了，还有玉坤在这里，咱们仨呀也刚好斟一杯尝尝。"陈长官说着，笑得皱纹都延伸到了耳朵后，全世界都能感受到他的心情舒畅。

"眼下战火纷纷，物资极度紧张！听说好几个月来酒水都是限量供应的，陈老哥你可真行啊！喝酒，我随叫随到。"秦副官下意识地摘下头顶压着眉的军帽，爽朗地笑道。

"一看就是国军风范！哈哈哈，国军。"陈长官拍了拍秦副官的肩膀，摇头叹道。

看着他们两个笑得灿烂，可是刘玉坤却是无论如何都笑不出来，整个人眉头紧蹙，满脑子都是戚院长还有那些密密麻麻的伤病员，那凄惨的一幕始终在牵扯着他的神经。

"小子！走神想啥呢？想媳妇了？要不，让秦副官帮你找个……"陈长官伸出粗壮的手指，下意识地戳了戳出神的刘玉坤，敛了笑，一脸神秘地说道。

"别，别了！要说娶老婆这种事，自然是你陈老哥能耐大！要不然嫂子们怎么都死心塌地跟着你呢？"秦副官连忙推辞着，顺手捋了捋被军帽压塌下去的短发，摇头笑道。

秦副官搞了些川菜，还有些当地的小吃，送到了陈长官的家里。

刘玉坤也不是不能吃，只是看到这么多辣，他还是眉头一皱。

看到他的表情，陈长官立时笑了起来："哈哈哈，你小子，这样子一看就是没法当家呀！秦副官这真是可心，马上让你练练胆。"

"陈长官，不会吧？吃辣和练胆有什么关系？按您这么说，不吃辣，就没法活喽。"

"小子，敢和我犟嘴，小心我待会收拾你。"

"以后还要我帮忙呢，陈长官还是手下留情吧！"

"小子还懂得发挡箭牌了？好吧，你说得对，一家老小以后还要仰仗你去关照呢，我和秦副官商量了一下，给你特别准备了一份猪肉粉条……"

两人这么一来一往地说着，说到关键处陈长官打起了温情牌。

刘玉坤还以为陈长官在开玩笑。

然而，当熟悉的家常菜摆在面前时，他顿时感动得热泪盈眶。

第一个想到的人，是母亲。

没错，在南京大屠杀的时候，她不幸殒于战火。

陈长官和秦副官看到眼圈红红的刘玉坤，不免面面相觑。

"还没吃呢，就把眼睛辣哭了，我怎么把家人交给你呢？"陈长官开玩笑地缓解气氛。

刘玉坤闻言立即拂起衣袖，用力地擦了擦腮边的泪水，强挤出一丝笑容道："没……没……没事儿！辣我能吃，能吃！只是看到猪肉炖粉条，就立时想到了东北老家，那个时候我还小，还不懂事，每逢冬天都可以吃到这样的菜。只是这种家乡菜每次端上桌的时候，我还闹脾气，嫌老是重复不换花样。现在看来，想吃都吃不到。家人在战火中全没了，甚至整个家族，只剩下我一根独苗，要不是吴亚鲁找我，还有医院收留我，我还不知能不能活到现在！所以，不要担心我不能吃辣椒，感激你们对我的好，我会做好长官交代的事情，您放心吧！"

"你这家伙，这是说的哪里话嘛！都是一家人！都是天涯沦落人！是战争，让我们流离失所。若不是因为如此，我何必要铁马冰河，征战沙场呢！你说对吧，秦副官？"陈长官苦笑着说道。

秦副官见状，也不住地点着头道："没错！如果不是日本鬼子侵略，我们每个人都会陪在家人身边，不会如此奔波，不会流血牺牲！就目前看来，这一切都不是我们个人所能左右，眼下能够做的，只有抗战到底！争取早一天将可恶的鬼子赶出中国！"

说完之后，见大家没啥反应。秦副官又接着笑道："好了好了，别再这么悲悲戚戚的了，今天陈大哥这边好酒好菜，我们也难得喝一杯，不管未来如何，我们都要相信正义永远会战胜邪恶！邪恶是不会长久的，正义哪怕短暂缺席，但终将会给这个世界一个公道的说法！小伙子，不要太伤感了，快点，把酒满上，满上满上。"

刘玉坤依言斟满自己面前的酒杯。

这时，看到他们早已端起了身前的酒碗。

陈长官爽朗地笑道："来来来，咱们碰一个，都这么久了，还是第一次坐下来吃顿像样的！也不知吃了这顿之后，下次要等到什么时候！然而不管前路如何，我都要感谢兄弟们的帮衬，没有你们，就没有我陈德先的今天。"

陈长官先干为敬，喝完以后呛咳了起来，咳红了眼圈。

见状，秦副官也干了碗中酒，下意识地说道："陈老哥，别搞得这么伤感，我们还等着赶走日本鬼子，喝酒庆祝呢！今天这算什么？算是刚刚开始吧，所以，咱们喝酒便好了，不要悲悲切切的。"

原本还打算过来向陈长官发点脾气的三姨太，此刻透过窗棂的缝隙，看到三个大男人眸中含泪的样子，顿时心软了起来，不由地叹道："这帮臭男人啊，平时那么粗心，这一刻简直比姑娘家的心还要细呀，你们瞧瞧这是啥样子？我今天就不说了，不说了，你们好好喝酒吧，好好喝酒吧……"

三姨太就势离开了，原本想好的话也没来得及说。

不过在她看来，什么话都已经没有说的必要了。

他们的举止神态，足以融化她的心。所以这一刻，她选择了静静地离开，而不是叨扰。

时间飞速地流淌，不知不觉间已经喝了几个钟头。

向来千杯不醉的陈长官，也酩酊大醉了起来。

至于不胜酒力的秦副官，更是中途连跑了几趟厕所，回来的时候，脸色都变得煞白。

好在刘玉坤起先就表明了自己不能喝酒，所以在喝酒的途中，他们多少对他有个关照。

结果，两个男人醉得一塌糊涂，见到他们东倒西歪的样子，刘玉坤也只好分头安顿。

但做完了这一切，他已累得够呛了，鞋也没脱，直接倚靠在门边睡着了。

睡梦中，他依稀记得席间他们谈起的西南联合医院的来历，谈起了目前的抗战形势，还有平常难得一见直抒胸臆地表明关于他们两个人的暂时安排。

按理说，如果陈德先不是腿伤，他应该会被上级委派到江浙一带参加抗日救亡运动。因腿伤，遂被调到了川军这边。

即便是人生地不熟，但有了秦副官帮忙，他这个纵队长也在很短时间内，迅速掌握了整个队伍的作战性格和行事作风。若是论起打仗的勇猛劲儿，湘军和川军绝对是在全国排得上号的，所以才来的时候，陈长官便被一群军中老将试探着，几次下来之后，发现陈长官竟也是个老炮儿，所以很快便打成一片，以至于在他腿伤期间，连队中的战友，每逢缴获到了一些战利品，都会想着他，并且隔三岔五地送过来。

单从这一点可知，陈长官的威名绝对不是盖的。而且这些也全都看在了几房姨太太的眼里，她们觉得眼前这个男人靠谱，才会受到战友们的爱戴，否则就像是无根的浮萍，根本无法在当地立足，更不要说在新的队伍中重新树立起威信了。

刘玉坤了解了这一切之后，才算是对时局有了更深刻的认识。

在他看来，这场恶战也不知道什么时候结束，但在他的内心深处，结束是必然和迟早的事情！只是眼下需要耐心等待些时日罢了，急不得也躁不得，只能全身心地投入到抗日救国的大潮中去。以他目前能做的，除了答应陈长官照顾好他一大家人之外，还有就是在闲暇的时候，去西南联合医院救治伤员。

第二天醒来，刘玉坤发现自己躺到了床上。

陈长官和秦副官早已不见了踪影。

大约是听到了他起床的声响，门外也传来了细碎的脚步声。

原来是三姨太奔了过来。

她的身后还紧跟着那个袅袅婷婷的小女孩，刘玉坤一眼就认出了她，朱南溪！

他慌乱地一个鲤鱼打挺，从床上爬了起来。

下意识地抹了抹脸，面颊绯红地叹道："唉，都怪我都怪我，说不喝酒呢，昨天晚上还是和陈长官、秦副官多喝了两杯，以至于现在误了事，三姨太请多担待。"

"玉坤啊，你千万别这么说，以后咱们一大家子，全仰仗你了。这个老陈啊，说走就走，走的时候，连个屁股都不拍一下。这个枪子儿又不长眼睛，谁知道他这次去是吉是凶呢，我这提心吊胆是少不了的，关键是我现在还有了身孕，巴望着他能够安安稳稳地回来，10个月后，不管是男是女，他要当爹了呀！"

三姨太面颊绯红地说着，刘玉坤立即意识到了什么。

按照他这个年龄，还不太懂男女之事，见到三姨太娇羞的样子，刘玉坤终于想起了几个字眼，结结巴巴地说着："恭喜三姨太呀，恭喜三姨太！恭喜陈长官！看来以后打鬼子的事业后继有人了！不对，等娃生出来的时候，鬼子就被我们打跑了，剩下的都是幸福甜蜜的生活了。"

"嘿！你小子，还真会说话呀！我喜欢我喜欢，怪不得老陈执意让你留下来，看来还真不是一般的机灵！好吧，这事先保密，未来的10个月，希望能够一切顺遂，保佑我们母子平安。听到这个消息，我娘亲已经决定从老家赶到成都来了，到时候麻烦刘大夫的地方，肯定不止一点半点，还请你多担待一些。若是遇到我不小心发火闹脾气的，还请您多多理解，多多包涵。"三姨太随之客气地说道。

刘玉坤也没有推脱，不停地做着拱手礼，面上带着笑容说道："三姨太见外，这些本来就是我刘玉坤应该做的事，我已经答应了陈长官，也答应了戚院长，所以做不好那是我的责任，做得好，是我份内的事！您大可放心，只要我刘玉坤在，就会竭力保护大家的安全，直到陈长官平安归来。我们一起期待那一天赶快到来，期待把日本鬼子赶出中国。"

"你说的是呀，你说的是呀。从现在的情况来看，战局非常复杂，我们能够苟活于世，也全托了前方将士的福。他们战死沙场，才护佑了我们后方的安宁，如果不是他们，我们还不知道如何呢，所以，真的要为他们祈祷平安了！"

三姨太细声细气地说着，换作平时，刘玉坤是不敢轻易与她对视的。这一刻确实壮了壮胆，认真打量着眼前这个约莫 20 出头的女子。

此时已近晚秋，成都的天气也一天天转凉，一贯怕冷的三姨太早早地穿上了花布棉衫。大约是注意到了刘玉坤在盯着自己，三姨太也立时与他目光对视。

刘玉坤这才完全看清了她的相貌。

端庄大气，优雅尊贵却又不失年轻女子的活力与俊俏，雪白的脸颊仿若刚剥去蛋壳的鸽蛋一般，肌肤水嫩，晶莹剔透。

"你真好看，怪不得陈长官那么喜欢你。"刘坤忍不住说道。

"哎哎哎，和谁说话呢？我告诉你啊刘玉坤，就算老陈不在家，你也不能没大没小、为所欲为，对吧？"三姨太的脸颊上微微泛起了丝丝酡红，说完便扭头离开了。

当刘玉坤还痴怔在原地，心情久久不能平复的时候，门外响起了一阵车马的声音。"嗒嗒嗒"的声音由远及近，最后在陈家的军官大院门口停了下来。

只见老婆婆样貌的女人，牵着五六岁的小男孩，颤巍巍地走下了马车。

扶着她的不是别人，正是昨天晚上在陈长官大院里喝酒的秦副官。

秦副官身高约莫八尺，高大魁伟，依旧是一身干净利落的军装，衬托着那如同斧石劈就的棱角四方脸，显得格外英武神勇。只是他的肤色更加白皙，在军人气质中更多了几分文人的阴柔。双眸中光线炯炯，透着一丝睿智，一丝风情。

三姨太见到秦副官，先是面上一惊，接着便将目光落在了老婆婆和那个小男孩身上。

老婆婆穿着破烂的衣衫，脸上的皱纹沟壑丛生，由此推断她近来的生活并不闲适。至于小男孩，也是一副瘦弱模样，两眼透着怕见生人的羞怯，即便是看人的时候，也多是侧身躲在老婆婆的怀里，生怕对方伤害到自己一般。

三姨太与老婆婆对视许久，缓缓地靠近，直到她快步奔到了老婆婆的面前，一把将她拥在了怀里。似乎也顾及不了那么多人，紧紧地搂着老婆婆的肩头，嘤嘤嘤地啜泣了起来。

"娘！不是说好都来的吗？这里有的住，那么多空房子！怎么就您和伢？我爹呢？我哥嫂呢？他们不是说好一起来的吗？"三姨太缓缓将老婆婆推开，凝视少顷，还是忍不住道出了心中疑惑。

"焦土抗战，焦土抗战，都是这个焦土抗战啊！他们全葬身火海了！再晚一步，我怕和伢也和他们一样。"老婆婆说着，不停地抹着眼泪，整个人别提多伤心了。

三姨太强忍着悲痛，紧紧地搂着老婆婆，一个劲儿地安慰道："娘，娘，您就别难过了！打仗哪有不死人的，这还能给咱家留个后，已经算是苍天开恩了！咱们，咱们就不要再去苛责自己了，能活着就好！好好活着，这样也算是对逝去的亲人一份交代，一个安慰吧！我想他们在天之灵，也会希望我们平平安安，过得好吧！"

"闺女，你长大了呀。为娘就听你的！好好活，好好活，好好活着！"老太太的嘴唇微微颤抖，一个劲儿地重复着活字，虽然唇角挂着笑，但泪水却早已肆意横流了。见到此情此景，三姨太赶紧抽出手帕帮她拭去腮边的泪水。

老婆婆在陈家大院住了下来。

在三姨太的照顾和安抚之下，老婆婆由开始的拘谨逐渐变得随和，而且很多杂活也自告奋勇地承担了下来。所以刘玉坤待在陈家也便因此变得没有那么十分必要。他开始尝试在比较清闲的时候，赶去西南联合医院帮忙。

凑巧，这几天从前线转来的伤兵较多。

各种穿通伤需要大量的人手协助医疗救治，刘玉坤这样的熟手简直就是救星，解了戚院长的燃眉之急。戚院长对刘玉坤的好感也与日俱增，在闲暇的空档，都毫不私藏地与他分享诊治经验，让很多问题没有搞清楚的刘玉坤豁然开朗。

念及戚院长对他的好，刘玉坤工作上更加卖力。

除此之外，芮老先生对他的印象也是格外好。若不是芮老先生的力荐，或许他与陈家也不会有这么深的交集。

"你们看到没有？当初和咱们一起进医院的刘玉坤啊，那小子真是可以。现在不仅和戚院长攀上了关系，还和芮老打得火热，更是深得陈长官信任，随便哪一条都够咱们折腾的呀……"

"是啊，进医院这么久，咱们还在换纱布，都没有啥进步，你瞧瞧人家，俨然成了院长的得意门生。"

"这还不算啊，芮老先生貌似也在极力植培他呢，真是命好到家了。"

"应该不止命好到家了吧。应该是人家努力到家了，所以很多运气也就随之而来，好运到家了。"

"……"

各种背后的议论声不绝于耳。

即便是凑巧让路过的刘玉坤听到，他也置若罔闻。

原本打算解释一下，又怕越描越黑，所以索性不去管。毕竟每个人的追求不同，对于还能活着的刘玉坤而言，他打心底里珍惜重生的机会，所以卖力工作也便可想而知了，就是不想留下任何遗憾。凡事做到拼尽全力，做到当时的最好。即便是当年初入医院，单单是换纱布这一项，都可以成为独领风骚的冠军，足可见其用心的程度。

大约到了晚上的时候，一个熟悉的身影狂奔着赶到了医院。他一眼便认出了是三姨太。只是与平日里妆容精致有所不同，她居然破天荒的蓬头垢面，整个人也是乱了方寸，瘦弱的身躯抱着一个半大的孩子，哭天抢地地呼救命。

刘玉坤赶到的时候，发现抢救室里的医护人员已经停止抢救。一个面庞慈祥、满头银发的老阿姨正襟危坐着，平静地对着一脸茫然的三姨太交代着什么："你是家人吧？也别太难过了，咱们已经尽力了。你看啊，这孩子身体都僵硬了，可见已经死去了好长时间，现在最先进的强心针、除颤仪、呼吸机都用上了，还是不管事儿，那就彻底没有希望了。叫上你们家人啊，赶紧拉回去埋了吧！这灾荒战乱的年月，死个人也没什么稀奇的，别太难过了……"

三姨太还没意识过来，老婆婆已经进了来，后面跟着一个穿着军装的男子，刘玉坤一眼便认出来是秦副官。此刻的秦副官脸上挂着一副黯然无神的表情，一向笔挺的军装今天也尽是折皱，仿若一个吃了败仗的长官，全然没了前几日的意气风发。

秦副官缓步上前，在那盖着白布的尸体前蹲了下来。

一旁的医务人员见到秦副官进来，都不免停下了手中事，以表敬意。

刘玉坤也走了过来，还没等他问怎么回事，便见身旁的三姨太直接给了秦副官一巴掌。

"啪！"

秦副官白净的脸颊上，赫然留下了五指红印。

现场所有人都震惊了。

怎么也不会想到一个女子会对军官动手。

在众人停顿的数秒里，三姨太又一巴掌上去，秦副官的唇角渗出了鲜血。

"住手！这里是医院，有什么好好讲！况且，动手的对象是杀敌的军官，更有些说不过去了。"

说话的人是戚院长，他从远处缓缓地走近。

三姨太无力地垂下了手，紧紧地咬着嘴唇，泪水奔涌而下。

紧接着，三姨太像是疯了一般地抓着秦副官的衣襟，声嘶力竭地撕扯摇晃着："都怪你！都怪你！是你害死了他！是你害死了他，啊啊啊……嘤嘤嘤……"

原本还想说些什么的戚院长，一眼也认出了这三姨太。他与陈长官一向交好，自然多多少少也见过眼前这发狂的女子。只是这一时半会儿，阻止也并非一件容易的事情，还是让她的情绪彻底发泄出来吧……

果然，所有人都静静地看着，谁也不曾向前。

三姨太咬牙切齿地用力撕扯着秦副官的衣领，纽扣都被她撕扯下来飞舞在空中，又盘旋了几个圈之后，坠落在地，正巧落在了刘玉坤的脚边。他缓缓地弯下了腰身，将那纽扣拾捡了起来，前前后后大约三四颗。

直到三姨太喊得喉咙哑了，哭得眼泪干了，撕扯得气力没有了，才算歇了手。

但整个人依然失魂落魄地念叨着："朱家无后了啊，朱家无后了……"

走出医院没有多久，老婆婆便病了。

这一病，不吃不喝，也卧床不起，可愁煞坏了刘玉坤。

陈长官返回部队前，将一大家子都交给了他，当仁不让的，所有的事情都得他去打理了。为了医好老婆婆的病，刘玉坤特地求着芮老先生亲赴陈家大院，来给老婆婆诊病。

芮老先生检查了半天，也没有查出身体上的任何器质性问题。试脉之后才算是找到了症结的缘由，出门的时候，特别嘱咐刘玉坤准备些香蕉和牛奶，让她食用。坚持约莫一周，应该可以见效。

刘玉坤感恩戴德地谢完芮老先生，便依照着做了。

在这期间，他才了解到，那个朱家的独苗是三姨太大哥的孩子。大哥一家在湖南长沙的那场焦土抗战中被烧死了。二哥是成都首屈一指的富商，朱南溪是他的女儿。很多时候，陈长官能够维持他阔绰的生活，与她二哥暗中的接济密不可分。当然为了更好地流通货物，他也需要陈长官在某些关节上帮他融通。这样互通有无，合作愉快，让两个人在各自的领域都如鱼得水。刘玉坤找到三姨太要牛奶，以为那个东西很难搞，没想到很快她二哥就搞了几箱送过来。

老婆婆经过几日的食疗调养，状态上已经好了很多。

但悲戚的心情还是难以抑制。

偶尔想起孩子时，还会歇斯底里地号啕大哭。

这种情绪始终弥漫在她心里，不得缓解。

这一切，都看在了刘玉坤的眼里。

即便他心生焦急，也是爱莫能助。

从眼下的状况来看，按照芮老先生的说法，时间是最好的良药。

或许只有经过时间的洗礼，昔日的伤痛才会逐渐抹平吧。

朱家的独苗被安葬在距离市区10公里之外的一座小山上。

秦副官全程陪同。

这次事件以后，他形容萎靡，与之前判若两人。

特别是那双眼睛，空洞得可怕。

这一切都看在了刘玉坤的眼里。

他想去安慰，却又不知从何开口。

他想去忽略，但医者之心又不允许他漠视。

刘玉坤矛盾至极，然而在经过一番挣扎之后，他暗暗地说服了自己，我真的没有办法，眼下或许只能选择沉默了。

没有特别的仪式，秦副官事先已经吩咐士官挖好了安葬地，现在只要将棺椁安置好便是。

更不敢发出什么声响与火光，生怕会引起敌人的注意，据说这成都附近的山头，最近经常遭遇日军飞机的轰炸。

特别是有光亮的地方，都成了他们打击的目标。

秦副官带了瓶酒，带了点水果。

他先是将酒撒一点在地上，接着沉默了许久之后，终于说出了话。

即便是声音很轻，但足以让现场所有人都能够听得见。

"小兄弟，其实我没想到你会这样急切地走，知道你孤单，所以会带你到院落后面的池塘去耍。没想到一个转身，你人便不见了，或许你很想见到你的父母，然而总不至于用这种极端的方式。你岂知道，只要活着，只要活着就有希望！只要活着，就可以用其他形式与亲人再产生交集。我知道，说这些话已经没有用了。但我还是要说，希望在另外一个世界，你能够达观一些、开朗一些、外向一些，有些话不要一个人闷着，该倾诉就倾诉出来吧！或许这样才是解决问题的不二之选。我作为一个外人，可能也不该说得太多，但愿你能够尽快找到你的父母，和他们团聚吧！或许只有这样，才能更好地安慰活着的人。为你难过、为你揪心、为你流泪，请相信正义迟早会战胜邪恶，等赶走鬼子的那一天，我们大家会再次来看你！好了，就说这么多，再说下去，这里会成为鬼子的轰炸目标，再见……"

原本歇斯底里哭泣的老婆婆，听到秦副官这么说，也逐渐理解了他。

至于站在一旁默不作声的三姨太，也大约是意识到了那天自己的冲动，开始理解起秦副官来。但她并没有立即去道歉，或者解释些什么，只是静静地凝视着秦副官。三姨太先前眼中的恨意逐渐变得柔和，整个人也没有先前那么可怕。

在即将下山的时刻，老婆婆和三姨太紧紧相拥，依依不舍地抽泣了起来。

原本打算就此离开的秦副官和刘玉坤也因此停住了脚步，但秦副官脸上此刻写满了焦躁和惶恐，远处的飞机已缓缓地向这片山头靠近。

他此前获知消息，重庆已被日本鬼子轰炸，成都将会是下一个重要目标。毫无疑问，人口密集、工业设施齐全的地方，都是他们的核心对象。

这些山头并不荒芜，紧靠着的就是居民区。所以，鬼子没来之前，必须尽快撤离，否则都可能沦为他们的靶场。

果不其然，几架飞机已经从远处盘旋到了头顶。

还在嘤嘤哭泣的三姨太和老婆婆，俨然没有意识到眼前的危险。直到秦副官冲上去将她们扑倒在旁边一处绿草萋萋的渠沟里。摔倒的刹那，三姨太还忍不住斥责着："你这人到底还要怎样？朱家的独苗都让你害死了，你现在疯了吗？"

三姨太回头的瞬间，炸弹轰然坠落了下来，就在新坟的附近，炸弹炸开了。强大的冲击力掀起了泥土纷纷扬扬地向着这边席卷而来。泥土瞬间掩盖了他们半个身子，如果不是秦副官经验丰富，或许他们早已丧命。

三姨太和老婆婆，本能地挪动着身躯，却被秦副官紧紧地抓着，只能继续趴在杂草之中。

就在这时，靠近草丛的另外一侧，又一颗炸弹坠落。

瞬间，山石分崩离析。

巨大的声响，吓得三姨太高声尖叫，却被秦副官捂住了嘴巴。

待鬼子的飞机缓缓地离开，秦副官才用力地推开了她们身上的泥土和山石碎片。秦副官的位置相对靠上，所以他的脸上肩上都有着不同程度的弹片擦伤，刘玉坤的伤情也和他相仿，只是稍稍轻微一些。

在完全推开了身上的泥土和沙砾之后，才发现老婆婆和三姨太都安然无恙。

两个女人看到刘玉坤和秦副官身上的擦伤，原本还抱怨不已的三姨太顿时面露愧色，想说什么却又压制住了。这时候，秦副官拉着她们，火速地奔向山下，老婆婆和三姨太的配合度明显比刚才高了很多。

终于奔到山底，找了处相对安全的地带。

回头去望那片山头，此时已经笼罩在了敌机之下。紧接着，便是一番几乎夷为平地的轰炸。那一幕实在是令人后怕，三姨太忍不住叨叨着："新坟不会被鬼子炸飞了吧？那可怎么办？我得上去看一看……"

三姨太用力推开秦副官，执意向山上爬去。

旁边的老婆婆看得心急，不住地呼喊着："伢都走了，再去有什么用呢？不要命了吗？这样是白白送死，你知道吗？我们要好好活着，活给他们看，让他们知道鬼子是怎么被咱们赶走的！哪怕咱们不知道这一天何时到来，但是我一定会等，等到那一天。"

直到被颤巍巍追上来的老婆婆和刘玉坤一把抓住，三姨太才算停住了脚步，不再去做极端的举动。见到这一幕，秦副官才算是松了口气。

回到了陈家大院，三姨太让刘玉坤找出一些消毒器具，说秦副官的伤口需要处理，听到她这么讲，刘玉坤算是松了一口气。

如此看来，三姨太对于秦副官的怨恨，也在逐步地释然之中。

即便是他内心感觉怪异，却依然默许了这种方式。

很快，他便找来了碘伏，还有些常用的草药，全部一股脑儿地塞到了三姨太的手里。

更加不可思议的是，三姨太亲自帮秦副官消毒伤口，敷贴药液。

整个画面是那么的自然。

自然得让刘玉坤都觉得怪怪的，却不知说什么才好。

强忍了半天之后，他终于憋不住道出了心里话："秦老兄，你不是上前线打鬼子的吗？怎么有这么多的闲暇时间？早知道你有这么多时间关照陈家，我就在陈长官面前言说让你留在这里了，可是眼下没有他的同意，我一时半会儿也不敢离开。毕竟陈长官委托在先，所以咱们来个约法三章，你觉得怎么样？"

现场的所有人都怔住了，怎么也不会想到平日里唯唯诺诺、不善言辞的小杆子，竟然可以这样掷地有声地说话。秦副官、老婆婆，还有三姨太，都眼神怪异地盯着刘玉坤，似乎都在等待着他的提问，等待着秦副官的作答。

秦副官先是一怔，直勾勾地盯着刘玉坤，感叹道："刘大夫，有什么事你尽管说，哪怕有意见你也可以去提，我这边能够回答你的，一定是知无不言，言无不尽。"

"好，这可是你秦副官说的，那我就不客气了……"刘玉坤壮壮胆，沉思半天对着秦副官道。

"好呀，你说吧，唉……"

秦副官一脸的无奈，却也积极配合着刘玉坤。

大约过了几分钟，整个院落的气氛尴尬到极点。

刘玉坤本想就此罢休，但在秦副官的催促之下，他还是忍不住说出了口："秦副官啊秦副官，全国将士都在忙着杀敌，你却在忙什么？忙着照顾别人的老婆？"

"刘玉坤，我警告你，这里涉及军事秘密。继续问下去，可能会触及你本可以避免的危险！如果你执意想知道，我也没必要和你隐瞒，给你5秒钟的时间，你确定是需要我给你正面回答？还是选择放弃？请决定……"

秦副官依旧凝视着刘玉坤，说话的语气不紧不慢，却充满了反击的力量。

这些情绪刘玉坤都可以感受得到，他沉思了三秒，顾不及三姨太的反对，继续追问秦副官说道："都这个时候了，还什么危险与不危险的呢？受人之托，忠人之事。现在不是我在问，而是作为陈长官的委托人，我必须要为陈家人负责，所以问你问题的不是我个人，而是这个庭院，是正在沙场上冲锋陷阵的陈长官。秦副官，你现在明白没有？"

秦副官顿了顿，完全被刘玉坤的气势震慑了。

他怎么也不会想到一个看似文文弱弱的小大夫，那天晚上喝酒的时候，还是各种腼腆，各种内向，各种不谙世事。

眼下，俨然换了一个人。

不管换的人是谁，都令秦副官心头一震，眼前一亮，不由地叹道："好小子，我还小看你了，有种你就继续吧，反正我姓秦的奉陪到底。"

"说啊，怎么问个半天不说呢？不是说其中有不可告人的秘密吗？不是说其中有危险吗？你秦副官怎么不说了？快点吧，大家都等着听呢！不仅我刘玉坤，还有这老婆婆，还有这三姨太，还有大太太、二姨太……"

"既然你这么想知道，我也没什么好隐瞒的，就直接告诉你好了！真的有危险，看在你如此诚意的份上，能够帮你遮挡的部分，我姓秦的也一定会尽力。"秦副官拍拍大腿道。

"秦副官绕来绕去兜圈子，你倒是说重点呀，这么扯来扯去做什么？"刘玉坤不依不饶地说道。

见状，老婆婆和三姨太正要阻止，却见秦副官摆了摆手道："没什么，我会全部告诉你！当然你们都可以听着，但是仅限于这个房间，还希望大家听到这个信息以后，烂在肚子里不要说出去，否则性命难保！不是我危言耸听，而是实话实说。"

"你秦副官是在威胁我吗？要知道，陈长官在踏出家门之前特别交代了，整个家都交由我刘玉坤来打理，如今闹成现在这步田地，如果我不管，也不太好向陈长官交代，你秦副官不觉得我说得很对吗？"刘玉坤感叹道。

"没什么对与错，我不和你纠结这些问题。我就直接告诉你吧，这是国军首领的安排。我的父亲和首领是同学，所以在一些出生入死的问题上能够照顾的他们自然也会照顾，只是这并不是我的本意，但我无法违抗……"

"照顾？！哈哈，好吧，我懂了。秦副官，还是那句话，当时你也在场，陈长官所有的话，你也都听到了的，目前这个陈家是交由我刘玉坤而不是你秦副官负责，这一点你必须明确，必须清楚。"

刘玉坤说得语意深长，听得站在一旁的三姨太和老婆婆都忍不住了，解着围地说道："好了好了，不要再吵了！要知道多亏了秦副官在那个山头救了我们，不然的话怕是我们也小命不保了，刘大夫得饶人处且饶人吧！秦副官也不容易，在老陈没有委托的情况下，还能对我们大家极尽关照，也算是上天之意了，就说这么多吧。"

这个答案并不是刘玉坤想要的。

至少说，还没有给他刘玉坤一个相对合理的答复。

即便是老婆婆和三姨太都破天荒地出来为秦副官辩白，但刘玉坤还是感觉需要约法三章，便笑笑道："没有吵，只是明确分工一下。秦副官，可以吗？"

"怎么个明确分工的法子？"秦副官微微蹙眉地回应道。

"这样，每周的一半时间我在陈家，你忙你的事；一半时间你在陈家，我忙我的事。如果同意的话，就这么君子协定了。"刘玉坤道。

秦副官思忖片刻，感觉若是不同意他的方案，怕是很难办，便也是硬着头皮应道："我同意你的方案，大体上是没问题的！然而，我可能没有那么多固定的时间，若真是出现这样的状况，还请你能够允许我请假。"

"妥！"刘玉坤终于和秦副官达成了某种意义上的妥协与一致。

在接下来的一段时间里，刘玉坤总是隔三岔五地赶到西南联合医院救治伤员。他的工作表现受到了戚院长的肯定和芮老的赞赏。他并不需要这些肯定也不需要赞赏，他要的是更多将士减少感染，提升存活率。

通过西南联合医院所有医护人员的努力，继发感染得到了有效控制。

很多伤病员出院时，都会特地找到刘玉坤对他表达谢意。

即便如此，他总是谦逊地提到戚院长和芮老先生的主要作用，其他的就是大家的通力合作，至于自己，他提得极少。由于工作卖力，刘玉坤得到了很多学习机会，因此医术提升了很多。为此戚院长特别召开院务会研究商讨为刘玉坤升职加薪，即便刘玉坤委婉谢绝，为其晋升的事还是一致通过。

这个消息像长了翅膀一样，很快飞到了陈家。

作为陈家大院的得力一员，看刘玉坤这架势是要被医院长久聘用。感受到了危机之后，三姨太、老婆婆和秦副官都第一时间找到了刘玉坤，试图改变刘玉坤的想法。为此，戚院长也带人特地走访了一次陈家，关于刘玉坤的任用问题，以及对于陈家的关照，与他们做了交涉，最终双方都做出了让步，才得以让刘玉坤两边兼顾。

日军对成都的轰炸从来就没有停歇过。

在接下来的时间里，隔三岔五就会传来各种噩耗。

诸如早出读书的学生晚上就被炸死在回家途中。

比如新开的店铺，老板及店员同时葬身火海。

还有外地躲难的乡民，刚刚赶到成都，一个炮弹下来尸横遍野，一片哀号。

见到此情此景，刘玉坤免不了潸然泪下。

他回想起在战火中遇难的母亲，以及逝去的族人，这些人的影像宛如碑林般刻在脑海里，挥之不去，时刻萦绕。

在刘玉坤看来，一定要尽自己的全力来救治伤员，让更多的人投身到抗日救亡战线去斩杀更多的鬼子，将他们赶出中国，让黑暗的世界早日迎来曙光。

由于表现优秀，刘玉坤被戚院长推荐加入中国共产党。

很快，他便被列为考察对象。

在这期间，他知晓了党派的说法。

比如说他甚为熟知的陈长官，是属于国军的军官，也就是说陈长官的党派是国军。同理，对陈家格外关照的秦副官，同样也是国军。因为抗战，将大家联结在一起，形成了最大范围的统一战线。

至于这个统一战线能够持续多久，谁也不知道。

就像是秦副官。

作为军人，上前线杀敌是职业使命！而他却可以通过父亲的关系规避流血牺牲。足可见，这个派系内的关系网有多么的复杂，所以当了解到所加入的党派不是国军，刘玉坤深深地舒了一口气。

在他看来，如果戚院长是国军，然后执意推荐他加入国军，按照他目前的认知和选择能力，怕是实在无法拒绝，但当听到并不是国军时，他忐忑的心才终于获得了平静。

人生总是在不断的试错中前行，关于这一点，刘玉坤也并不否认。

因为谁也不知道未来的路将会如何，只有将眼下的路走好，才是对未来负责任。关于这一点，刘玉坤也是深信不疑。

时间过得飞快，转眼一个月过去。

好久没有消息的陈长官，竟然来了个突然袭击。

某天深夜。

只听到门外"咚咚咚"地响起了一阵敲门声，并无困意的刘玉坤缓缓起身。

确认了好久以后，他开了门。

发现来者居然是陈长官的那一刻，刘玉坤忍不住与他紧紧相拥。

一向血性惯了的陈长官，对这种儿女情长，向来持鄙夷态度。

可是眼下他不仅没有拒绝，而且还流下了动情的眼泪。

他一边抹泪，一边用力地捏着刘玉坤的肩膀，满是感激地说道："玉坤啊，我这家，多亏了你啊！如果不是有你，怕是我回来的地方都没有！你的大恩大德，我陈某人记下了，就算我报答不了，那就让我的儿子来报答，如果我的儿子还报答不了，就让我的子子孙孙来报答！"

刘玉坤听了，总觉得不是那么回事，缓缓地推开了陈长官，摇头笑道："我说陈长官啊，跟我说这些没什么意思了吧。在我看来，我们能够有缘，我能待在陈家混一杯羹，没有流落街头，更没有被饿死，都是占尽了您的恩惠，沾了陈家的福祉。您说是我报答您呢，还是您报答我？刚才您这么一说，我瞬时感觉这不是喧宾夺主，本末倒置了吗？"

陈长官听到刘玉坤这么说，用力地拍拍他的肩，叹道："好啊，好兄弟，就不和你说见外的话了。实话说，你办事，我放心。其他人，我不放心。"

刘玉坤闻言，也不知如何作答。

过了半天之后，他才笑道："陈长官呀，言重了吧？放心的人多着呢，也不少我刘玉坤一个，哪里做得不到位的地方，也请您多担待。好了好了，不说了，这大半夜的，赶快进屋吧！"

陈长官进了家门，并没有急匆匆地去见各房姨太太。

他还是先赶到刘玉坤的房间，坐了下来，随便聊了几句。

刘玉坤说道："昨晚病人很多，所以我也稍微回来得晚了一些，至于家里的事情，一切都已走上了正轨，而且还有三姨太家的老婆婆帮忙照顾生活起居，用不了我太多烦神。同时秦副官也隔三岔五过来帮忙，甚至已与我约法三章，每周的一定时间，大家分工明确地保护陈家……"

听到刘玉坤口中冒出的秦副官三个字，陈长官顿时就愣住了。

过了好半天，他讶异地叹道："这个家伙怎么会在我家里？我又没委托他照看！这个秦副官，我就说呢，这阵子打鬼子的时候怎么没看到他，原来这孙子临阵脱逃了？！"

刘玉坤尴尬得无以复加。

他怎么也不会想到，前阵子一起喝酒的时候，感情好得可以穿一条裤子的兄弟，怎么这个时候说翻脸就翻脸了呢？当然，哪怕还算不上翻脸，但敏感的刘玉坤还是从陈长官的脸上读出了愤懑。

原来酒桌上的话就不能信。

刘玉坤第一次发出了这样的感叹。

他本以为陈长官还会继续问一些什么，没想到他立即起身，直接折返三姨太的房间。在已经熟睡的三姨太房间，他并没有发现什么异样，接着，便悻悻然地又回到了刘玉坤这里。

在陈长官离开的片刻时间里，刘玉坤紧张得无法言喻，最担心的莫过于在三姨太的房间看到秦副官的影子。如果真那样的话，哪怕是八张嘴也辩不清楚了。见陈长官回来，还没等刘玉坤开口，陈长官便主动开了腔："玉坤啊，小小年纪的，不要随便挑拨，我刚才去三姨太房间看过了，就她一个人在安睡，旁边还有朱南溪。所以呢，我对你们还是放心的。"

闻言，刘玉坤悬着的心，终于算是落了地。

哪怕他受些莫名的委屈，感觉也是值得的。

毕竟安定团结，在这个时候，比什么都来得重要。

陈长官看到家里的一切与他的预想并没有太大偏差，继续与刘玉坤聊了几句之后，便火速离开了陈家大院。

这一举动着实出乎刘玉坤的意料。

他怎么也不会想到陈长官这夜归夜去，无影无踪。

怕是第二天醒来，三姨太也搞不清楚到底发生什么事情了吧！

如果她们不问起来的话，刘玉坤觉得自己就没必要主动说了。

两人缓缓地走出房门，刘玉坤一直将陈长官送到门口。

刚才还一脸愠怒的陈长官，此时面上已扬起了笑颜，拍拍刘玉坤的肩膀说道："我这腿啊，多亏了你！不然我哪里能去打鬼子呀？老实说，这次我回归连队后着实打了好几个胜仗呢，鬼子可被我们打惨了。不过他们不死心啊，最近老是派飞机轰炸成都城。明天等她们醒来，你可好生交代一下，最近没事的时候可要尽量躲在家里，少出去！我们这处位置相对隐蔽，在很多地图上都未有标识，比一般的地方安全得多。这里是国军军官的专享之地，绝非一般百姓所能意识到的。这件事情你自己知道就好，千万不要外传，传了就会有麻烦有危险。"

"我们这一大家子，就麻烦你了！等把鬼子全部赶跑，咱们再好生聚一聚！好了，不说了，我要走了！"

送走了陈长官，刘玉坤别提多郁闷了，原本想回去好好睡一觉，可躺在床上辗转反侧，总是睡得不踏实。

实在是睡不着了，他就坐起来，在房间里来来回回、回回来来地走着。

后来又觉得房间没意思，就踱步到了门外。

就在这时，朦胧的月光下，只见一个熟悉的身影穿过陈家大院的边门闪了进来。见到有情况，刘玉坤顿时困意全消，紧紧地盯着那个方向。

如果没记错的话，这处边门的钥匙只有三姨太持有。

就算是陈长官，在昨晚没有联系刘玉坤本人之前，也都是只能走正门。如此推算，这人与三姨太的关系，一定非同一般！

念到这里，刘玉坤悄悄地躲到了一边。

凝视着那个黑影，感觉他越来越近。

大约过了几分钟的样子，那个黑影轻车熟路地到了三姨太的门边，不由分说地打开侧门，直接进了房间。

如果刘玉坤没记错的话，这个房间平时是没有人打开的。

至于里面的状况，谁也无从知晓。

虽说内心深处甚为好奇，但好奇心害死猫的说法，还是在提醒着他，眼下不可轻举妄动。想到这里，刘玉坤便不再于门外徘徊，尽快折转回到了自己的房间，蒙头大睡。

翌日，刘玉坤醒来时已近晌午。

他也不知道自己怎么会睡了这么久，应该是最近太过疲惫的缘故。不管什么原因，都已经不再重要。最重要的是陈家宅院发生了这样的事，着实令他胆战心惊，毕竟他是陈长官委托的看家人，万一陈家有个闪失，怎么向陈长官交代呢?!

想到这里，他决定适当的时候，一定要查个水落石出。

不过眼下，依然不能打草惊蛇。

大约是最近见识得太多，让他多了些谨慎。

与圈内医者仁心的大家交往着，耳濡目染，也学到了很多平日里学不到的东西。

刘玉坤的脑海中忽然灵光一现，有了一些不错的想法。

思忖了半天之后，他便立即起身前往西南联合医院。

戚院长正在安顿着新入职的员工。

见到刘玉坤过来，戚院长连忙向她们介绍刘玉坤。

从戚院长笑容可掬的表情来看，这次的新员工应该是对他脾性，甚为满意。刘玉坤并没有把多少心神关注在这上面，而是直接奔到了即将出院士兵的病房，找到了他亲自诊治康复的几个官兵。

原本这些人都对刘玉坤感恩戴德，甚至有好几个还偷偷地为刘玉坤买了不少的礼物，不过全都被他退了回去。他们一直没有找到表达谢意的方法，也着实让这些人心急如焚。

今天下午他们就要正式出院了，出院后他们的任何行为，都将与医院没有任何瓜葛。所以，刘玉坤觉得是时候请他们帮一下忙了。

赶来之前，刚好遇见门房阿姨，刘玉坤给了她一些钱，委托她帮着买些水果。还没等刘玉坤坐下，阿姨代买的水果便送达了病房。

刘玉坤谢过阿姨并接过水果，分给了大家。这些士官一边吃着果品一边听刘玉坤说话。

"首先祝贺诸位痊愈出院，不过我有一事相求，这几天晚上后半夜的时候，有哪几位先生百忙有暇？能否帮我到陈家庭院做一下安保？当然，还请诸位务必保密，否则我就不麻烦大家了！"

听到刘玉坤的话，所有人兴奋了起来。

终于有个途径来表达感谢之情，此刻的他们并没有觉得这事有什么不妥，直接应承了下来。

见他们如此豪爽，原本还内心打鼓的刘玉坤这才深深地长舒了一口气。

刘玉坤对着官兵们交代了一番。

针对行动时间，还有一些策略细节上的约束。

最核心的要求就是，哪怕是真发现了那个人，谁都不可以打草惊蛇，轻举妄动！

同时，更不可以捕风捉影，随意散播关于此事的任何消息。

这个是底线。

刘玉坤特意强调了很多遍。

以至于在场的士官们听了之后都忍不住微微蹙眉，甚至情绪也稍有波动。

即便如此，刘玉坤还是不厌其烦地强调了其中的利害关系。

在他看来，如果打破了这条底线，所有问题不仅无法解决，而且还会导致更糟糕的局面产生，这是他最不愿意看到的。

夜幕时分，陈家大院。

一连几天深夜，蹲点的士官们均毫无所获。

他们的耐心受到了极大的挫伤。

在他们看来，这应该是一件不靠谱的事情。

哪怕大家口头上不说，但内心深处早已隐隐地萌生退意。

这期间，刘玉坤也察觉到了一些异样，然而他依然坚定地认为，哪怕是再天衣无缝的策略都需要去检验。

随后，在与他们的交流中，刘玉坤试图打消他们的疑惑，夯实他们的信心，以此来推进这件事情。

时间一分一秒地流淌，几乎所有人都焦躁不安、试图放弃的时候，人群中一个身高五尺的男子引起了刘玉坤的注意，似乎只有他坚定地支持着刘玉坤的想法。

刘玉坤随之遣散了其他人，仅仅留下了这位士官。

一周内的每个夜晚，他都在刘玉坤指定的位置，等待着那个莫名其妙的黑影。

奇怪的是，这么多天下来，依然没有寻到那个黑影。

刘玉坤十分纳闷，不过也是没有办法。

在他看来，这可能就是宿命。

短时间之内，他已经不再纠结此事，而是将所有的精力投入到了工作中。

话说陈长官返回连队后，心神不像往日那样平静，特别是在念起刘玉坤提到的秦副官时，总有一种说不出的感觉，这种心念似乎已左右了他在战场上的判断力。前阵子和几个共产党军官暗中比赛胜仗的比率，竟然败下阵来，他实在是不服气，为此决定好好拼杀一场。完成杀敌使命的同时，争取与那几个百战百胜的共产党打个平手。

战斗很快就打响了，陈长官取胜心切，一直冲在杀鬼子的第一线，虽有士兵不停地保护和催促着他。但他却是毫无顾忌，继续不停地按照自己的想法冲锋陷阵，终于速战速决地打赢了这场战斗！

在清理战场时，发现还有个活的鬼子兵。

这个家伙与陈长官僵持着，最终引爆了怀中的炸弹，幸好陈长官发现及时，才捡回了一条命，不过弹片还是穿过了他的外裤，伤到了生娃的家伙。在被送往医院的途中陈长官喋喋不休着："妈的，老子还等着生一群带把的去打鬼子呢，这下可怎么是好?!"

陈长官在医院隐姓埋名调养了一段时间，虽说有些擦伤，但在功能和外观上并没有太大的影响，然而他还是不放心，硬是让医院继续给检查检查，戚院长拗不过他的非分要求，让检验科用显微镜帮他查验体液，结果发现，没有一条游动的小蝌蚪。在医学上，这被称为无精症。

得知这个结果，陈长官别提多恼火了，心心念着：老子那么多姨太太，还说生一群娃子去抗日呢，这他妈的玩笑开大了啊！还有，最近从三姨太那里传话过来，她已经有喜了，可是这个喜，是谁的喜？

陈长官开始反思自己，这么多年随着自己职位的提升，俸禄的增长，个人主义的膨胀，在纳妾这件事情上似乎从未止步。其实，也不是他个人有多么好色，而是他总怀疑自己的大太太、二姨太莫非身体有毛病，这么多年来肚子为啥没动静呢？真要认真提起这事儿，又怕伤她们自尊。在陈长官满腹狐疑之际遇到了成都一个朱姓商人，此人便是朱南溪的父亲，也就是后来这个新纳三姨太的哥哥。

为了缔结同盟与信任，朱氏二哥主动提出让自己的妹妹与陈长官结百年之好。

本来陈长官还执意推辞，毕竟小女子小了自己差不多二十几岁，自己当她爹都差不离了，只是当他见到真人时，三姨太惊为天人的美貌顿时让他心动不已。更为难得的是按照古书面相学的说法，这小女子还长着一张优雅贵气的旺夫脸。

原本一直持有拒绝态度的陈长官还是动了心，改口同意了这门亲事。

结亲之后两家相互帮衬，合作默契，朱氏二哥负责货品，陈长官负责关节，没几年两家就发了大财。不然凭他陈长官那么些微薄的俸禄，养活两房姨太太都够勉强，哪里还能购置下如此阔气的庭院，还有这亭台轩榭呢，简直和古时私家园林相差无甚了吧！

按照医院检查的结果来看，三姨太肚子中的种肯定不是自己的了。

至于是谁的，或许只有三姨太最清楚。

但即便她确实"胡来"，陈长官还是觉得她怀孕这件事在某种意义上挽留了他的面子，毕竟一个男人无论自诩多么骁勇善战，但子嗣上一无所出，都是毫无颜面的。

他带着怒火与朱氏兄长暗地里谈判，准备先毙了这兄长，然后再铳了这三姨太。

未料到见面后，他陈长官却并没有占到多少上风，甚至还被对方怼了回来。

"你们这些国军军官有几个干净的？进窑子上青楼都是明着来吧？那些都是什么女人？能和我妹妹这样的大家闺秀相比吗？如果你能换一种心态来看，就会平衡很多。毕竟我妹子可是干干净净的大家闺秀，还生就了一副旺夫的好相貌，又年轻朝气，又知书达礼，最替她惋惜的人是我！说句不客气的话，你都糟老头子了，还有啥心理不平衡的？"

陈长官想想也是，这么多年来，有这么一个可人儿跟着自己，也算是福气多多了。所以在他看来，三姨太哥哥说的也没什么错，毕竟自己一把年纪了，有这等艳福还是知足吧！

时节已接近冬令。

浮尘与烟火错落的街角，行人大多裹上了厚重的棉衣。

比起往年来，面料旧了，补丁也多了。

能够战事平息，是大多数人的朴素梦想。

时局愈发危机，陈长官已经好几个月没回家了。

刘玉坤最近才知道，陈长官这个称谓，不过是大家给他取的诨名。

具体的战区番号要保密，他也始终未向家人提起过，其真实身份应该是国军某军部的纵队长。

"就要过年了，老陈什么时候回来啊？"

老婆婆闲下来的时候，会忍不住念叨起这个并不年轻的女婿。

三姨太也会在刘玉坤的提醒下，选择阳光尚好的午间，在庭院深处晒太阳。有时还会恬静地轻抚着微微隆起的小腹，倾尽深情，无限怜爱。

每当这个时候，不经意路过的大太太和二姨太都不免会嫉妒地朝这里多望上两眼。三姨太心大，倒是不往心里去，她不靠陈德先的军饷过活，依着二哥的接济，也会活得很好。不像是大太太和二姨太，陈德先发下来的那些银票根本就不够阔太太们麻将桌上的花销。

说不失望，那是骗人的。

陈长官果然是没有回来过年，甚至人都消失得不知死活。

再次得到消息的时候，是得知他从川军回调到了苏浙一带的新四军抗日军团，与日本鬼子展开了一段时间的游击战，这期间他居住在乡下，信息极为闭锁。若不是因为秦副官多方打听，还真难找到他的下落。

陈长官旷日未归，当他尚且活着的消息传来时，三姨太她们还是忍不住喜极而泣。这一幕都看在了刘玉坤和朱南溪的眼里。小妮子虽然不谙成年人之间的情感，但天资聪慧的她，对于陈长官和三姨太的关系，还是略懂一二。

这年冬天开始，朱南溪的父亲就特地找了好几次刘玉坤，要让自己的女儿拜他为师学习中医。刘玉坤始终以自己才疏学浅怕误人子弟为由，从年前拖到了年尾，又从年尾拖到了开春。最终没辙，在戚院长的见证下，朱南溪正式拜刘玉坤为师，他却始终不认为自己是师，而是大哥哥一般的同道。

战火纷飞，去学校的危险可想而知。

朱南溪平日的学业多是依靠私塾，闲暇时就跟着刘玉坤习些汤头歌诀，也正好练着一起识字。

没想到刘玉坤还挺有耐心，小妮子也听得认真，久而久之，两人也便熟络了起来。

刘玉坤经常去医院坐诊，她居然也缠着要跟着一起去。

"定位不对，这个范围会漏掉肺尖。"

"这张看起来还可以。"

"好，就这样……"

放射科医生不停地对着实习生讲解肺部 X 光片的拍摄要点。

这些实习生来自不同的大学，因为太平洋战争爆发，国内一共有五所大学迁到了重庆、成都，组成了五大院校联合大学，从目前的情况看，这些实习生的水准参差不齐，所以需要花费的时间和精力也多有不同。至于动手能力方面，男生相对来说更灵活一些，女生倒是需要一些耐心，当然她们更加细心，这点是男生无法比拟的。

"师父，这些药材要放到柜子里吗？"朱南溪见到桌子上摆着的中药材，微微蹙了蹙眉，随之扬起精致的小脸儿，笑吟吟地向着刘玉坤征询道。

"聪明！"刘玉坤道。

"那我放到柜子里去了？不，放到这个瓷瓶中去啦！"朱南溪指着其中的一些中药饮片，笑道。

"可以啊，你怎么知道中药饮片要放进瓷瓶中？"刘玉坤很是惊讶地问道。

此前他并没有做过任何示范和提醒，朱南溪也是初次来到储藏中药的地方，不得不佩服朱南溪还真是一块学医的料，实在是太聪颖了，与儿时的自己多少有几分相像。

刘玉坤看了朱南溪一眼，想起了自己年幼时，犹记与家人在一起修习中医术的时光，如今阴阳两隔，感怀之情溢满心头，霎时眼眶抑制不住地盈满了泪水。

"中药都是各种动植物的干燥品，吸湿性都比较强，所以是要防潮的嘛！还有呢，中药材吸收了空气中的水分，会发生结块等物理性状变化。水分还是各种化学反应的基础条件，药材受潮可能使药材中的成分发生降解、氧化等化学变化。水分又是微生物的滋生条件，中药材受潮后极易发生细菌滋生，形成霉变，就更易带来安全问题。潮湿也是各种虫子的良好孳生条件，所以受潮的药材特别容易生虫，影响药物的药效。以上变化也就是我们常说的药物变质，会影响药物的药理作用，绝对不可忽视。"朱南溪巴拉巴拉地笑道。

"你才几岁呀，这些都懂?"若不是亲眼所见，刘玉坤简直不敢置信。

"你都几岁了呀，这些都不懂!"朱南溪嘟嘴道。

"我是你师……"刘玉坤如鲠在喉。实话说，这些有点西洋科学的解释，他是没听过的，不过现在听来很是有些道理，也不知这小妮子是从哪个途径听到的，别看她小小年纪，知道的东西可真不少!

"好，师父对不起，不该和您犟嘴。我爸特别说了，要听师父的话。不过……"朱南溪先是恭恭敬敬地道歉，接着秋水深潭一般明亮的双眸灵光一现，还没等刘玉坤去问，她便又撇撇嘴道，"不过，现在只有我和师父两个人，听不听话，我爸也不知道，甚至我要欺负你，他也不知道啦。"

"你……"

刘玉坤简直没法和她沟通。

聪明伶俐的朱南溪，这一刻顽劣起来，男生也是比不上的。

见刘玉坤一时愣着，她先是用毛巾擦了擦手，接着便笑吟吟地奔了过来，一把就抓住了刘玉坤厚实的手掌。

一双微凉中透着细腻的小手，就这样把他紧紧地抓住了。

还没等他回过神来，朱南溪就势说道："师父掌中的天纹有些锁链，需要注意呼吸和心脏方面的问题呢，南溪是地纹比较贫弱，所以要注意消化方面。"

"中医手诊学？这都是跟谁学的？我可没教你啊?"刘玉坤简直惊呆了。

"自学的。"朱南溪撇撇嘴道。

PART **④** 第4章

归 来

朱南溪貌似在医学上有着惊人的天赋,在刘玉坤看来,她虽然年纪尚小,但俨然天选之人。令刘玉坤更加不可思议的是,在三姨太临产的那阵子,这妮子竟然不害怕地全程陪护,惹得所有人都不免惊叹连连。

很顺利,三姨太顺产一男婴。

肥头大耳,看起来格外健康。

相貌轮廓上与陈长官多少有几分神似,但细致的眉眼更像秀美雅致的三姨太。这个消息很快便传到了陈长官的耳朵里,他不仅没有丝毫的惊喜,唇角还不由地扯上丝丝的邪魅笑意。在秦副官的执意要求之下,他还是勉为其难地为这个儿子取了个意蕴奇异的名字——凯凯。

按照他的说法是寓意最终打了胜仗而凯旋,其实内心深处早已暗骂了许多遍,妈的!凯子!是跟着凯子生的吧?我老陈这一世英名……

陈德先所在的国军部队主要集中在江浙一带,这里的夜晚还是少有的热闹繁华。

在为未谋面的儿子取完名字的那晚，他换上便装，窜到了沿街的酒馆，喝了个酩酊大醉，不仅如此，还钻进了花街柳巷发泄了一把。

完事之后，发现口袋里没带钱，酒气扑面的陈长官直报家门自己是国军军官，佑国杀敌，袒护黎民。对方却并不买账，为此他掏出手枪一番恐吓，才得脱身。

扶着战火中破败斑驳的砖墙，陈长官跌跌撞撞地沿着街巷狼狈而归。

这时，天空下起了雨。

渐渐地，雨点愈发密集地打在他的头脸和身躯上。

陈德先整个人都瘫坐在泥水里，泪水混合雨水顺着脸颊流淌而下。

他抬头望天，声嘶力竭地喊着："啊！怎么会这样！怎么会这样！坏人那么多，我还是个好人吧！奸商那么多，我还算得上心地善良吧！老天呐，为什么要那么对我？为什么！小凯凯，他妈的竟然不是老子我的种……"

大约是因为喝得太多，加上刚才体力消耗过大，此刻的陈长官整个人都在泥水里跌爬滚打。被白睡了的风月女子，呼朋引伴地追了上来，几个人一起将陈长官团团围住。

"就是他！就是他！妈的，白嫖了，还不给钱！"

"还他妈国军军官？混得也太惨了吧！"

"给我搜！"

三个穿着黑衣衫的男子将陈长官按倒在地，搜遍了全身，也只搜到一个怀表，看起来做工精良，应该值不少钱。打开怀表，一张男才女貌的婚纱合照映入众人眼帘。所有人都惊呆了，女子美得宛若天仙，男子穿着军装，是那样的干练英武。

"这是你？"凝视着怀表许久的黑衣男子，抓着陈长官的领口，凑近了比对，发现除了头发少了一些之外，其他五官的变化不大。

陈长官并没有回答，只是目光中充满怒火地直视着对方。

"这怀表是正宗瑞士货，值不少钱。抵嫖资了！你可以滚了！"黑衣男子唇角扯上丝丝邪笑，吞云吐雾地猛吸了一口指间的香烟，满是不屑地喷了陈长官一脸烟雾，接着便将怀表扔给了那个衣裙不整的女子。

"女人是祸水，祸水必须死！"陈长官一个翻身，瞬间从腰间摸出手枪，朝已经情志松懈的黑衣男子脑门就是一枪。

嘭！

一声闷响之后，黑衣男子应声倒地。

另外两个黑衣男子正想抄起手中的铁棍，陈德先紧接着两枪。

又是直中天灵，两人顷刻倒地。

那个衣衫不整的女子吓得面色煞白，揣着价值不菲的怀表正要逃离是非之地，陈长官摇晃着身子努力地站起来，喊了句："还给我，可以不杀你！"

衣衫不整的女子并没有还回来的意思。

而是提着脱下的高跟鞋，踏着污泥浊水的路面，狂奔了起来。

陈长官举起手枪，扣动了扳机。

嘭！

一声闷响。

女子一个俯冲直接倾覆倒地，心口的地方汩汩地流淌着鲜血，在雨水之下氤氲开来，整个夜色霎时倒影在一片暗红之中。

她手中紧紧抓着的怀表，也因为俯冲带来的反弹力飞向了身后的天空，陈德先一个纵身飞起，一把抓住了链子。

就在这一刻，链子断成了两截。

怀表的一端直接坠落在泥水里。

再次低头去看时，发现怀表内的有机玻璃已经裂成了两半，刚好在婚纱照上留下了一道深深的裂缝，将两个人分成了独立的两块。

那一刻陈长官先是一怔，他似乎莫名感觉到了某种不祥，但还是竭力控制着自己不去联想。

"每个人都有属于自己的命运，是生，是死，皆有定数。"陈长官不停地嘀咕着这句话，艰难地向军部赶去。

刚赶回到军部，副手就追上来。说上头来了命令，要整个军部休整，可以有大约一个月的时间来养精蓄锐。部下说要去见一下川军的参谋长，顺便回一趟成都城的老家看看，问他有什么话要捎回去。

"带个孔明灯吧，参谋长家的小朋友最喜欢那个了。"陈长官思考了半天，终于说出了这样的话。

"仅仅是孔明灯吗?"部下追问道。

"当然还要点燃，不然有什么意义!"陈长官点头道。

"听说大太太和二姨太都会经常去和参谋长的夫人一起搓麻将，真没什么话要带给她们的吗?"部下继续问道。

"有!"陈长官道。

"什么?"部下问道。

"如果她们问起生活费，就说军饷马上就会下发，钱比之前更多，可能还有金子……"陈长官又道。听完之后部下一脸的懵，俸禄越来越少了不说，哪里还听过发金子的? 如果不是美国佬奉送，难道是去抢的嘛?

反正不太好问，也便没有再去多啰唆。

领了陈长官的口谕，部下上路了。

他走后的时间里，陈长官在一直在看内部的各种报纸，看到成都俨然成了一座轰炸之城。日军在短短数月时间内，已经轰炸了不下十次。待在陈家是最安全的，除此之外，其他地方都可能会成为被轰炸的目标。

部下所言的川军参谋长所住的位置，虽说相对隐蔽，但依然是敌机轰炸的范围，只是比较好运而已。运气这个东西有谁说得准呢? 今天是好运，谁又能保证明天不会变坏运呢。陈长官想着想着，缓缓地闭上了眼睛。仿佛看到了未来，看到了一堆不可思议的明天。

几个月的时间里，成都城已经经历了数次轰炸，很多地方被轰炸成了筛子眼。日本鬼子还是不依不饶，从那阵仗来看，不把成都城夷为平地，这帮鬼子空军还就不罢休了。

刘玉坤从戚院长那里拿到了不少内部资料，关于日军对成都的轰炸次数与死伤人数都有详尽的记录。

1938 年 11 月 8 日，18 架日机首次空袭成都，在凤凰山机场和太平寺机场投弹逾百枚。11 月 15 日，17 架日机又空袭成都凤凰山机场。后因气象原因，停止了对成都和重庆的轰炸。

1939 年 5 月 3 日，日以海军航空轰炸机进袭重庆为序幕，恢复了对四川的轰炸。

6 月 11 日，日海军第 1 联空第 13 航空队再次袭击成都，为了达到最佳效果，此次日军首次选择了下午起飞，黄昏时临空。当时遂宁、金堂方向最先得知敌情，并发出警报，国民党空军 5 大队尽数起飞，27 架战斗机爬升到 4200 米高度巡逻等待拦截敌机。

随后，17 中队队长率先发现 9 架敌机呈品字形编队飞临上空，当中队队长俯冲占位后发现这是敌海军的三菱 96 陆攻轰炸机，便将编队中最前面的敌总领队指挥机咬住一阵射击，成都上空的首次大空战就此展开。等他完成第一轮攻击自敌机群中脱离时，发现日军总领队长机机体已经开始冒白烟，知道敌机油箱开始漏油，他又拉起后再次攻击，追逐敌机达 10 余分钟后返航。与此同时，他的 2 架僚机也俯冲攻击敌编队最左侧的中队，其中叶姓飞行员抓住 1 架敌机，从成都市区的东御街一直打到华西坝东南。经过 20 分钟的追击，眼见敌机已经冒烟下降，但此刻叶姓飞行员却被敌右侧编队火力所伤，一弹穿过左肘，血流不止，只好返航。经过 5 大队的轮番攻击，敌轰炸机难以支持，仓促间在盐市口一带投下部分炸弹，向东南方向逃跑。是役，敌机共炸死平民 226 人、伤 32 人，毁坏房屋 4700 余间。我击落敌 96 陆轰炸机 3 架，击伤数架，自己无一损伤。

"这么多轰炸，大家还是小心点，提醒你们科的医务人员，听到防空警报拉响，要尽快躲到防空洞里去！尽量减少牺牲，只有这样，才能更好地为前方将士服务！只有这样，才能救活更多的军士，才能最终赢得这场战争。"戚院长拍着屏气凝神研究报纸的刘玉坤肩膀，同时对身边的医务人员说道。

很快，刘玉坤便将戚院长的口谕下达到自己所在的中西医结合科。这是个非常新颖的科室，一开始他还多少有些抵触，自己中医出身，抛弃祖传去接纳西医，总有种背叛先祖、有悖传统的感觉，但随着跟西医接触的增多，他发现取人之长补己之短，只有兼容并蓄、博采众长，才能更好地为患者服务，更好地改善医疗效果。

他潜心钻研了许久，发现二者强强联合产生的治疗效果可谓事半功倍，能救治更多的病患和伤员。虽然个人还是很辛苦，但在那些几乎被判了死刑的极危重伤者被从死亡线上拉回来的时刻，那种无与伦比的职业自豪感还是会油然而生。

某天，正当刘玉坤埋头研究一个病例的治疗方案一筹莫展时，朱南溪从门外带回了一张报纸，上面激动人心地描述着我军击落日机"轰炸大王"的战况：

9 月 4 日，日本海军第 1 联合航空队经回国休整和补充之后，再次来华，返回汉口机场。这样，汉口航空基地就集中了日本海军航空队第 1、第 2 联合航空队和陆军第 3 飞行团的 200 余架各式飞机，日军袭击中国内地的飞机大部分也都是从这里起飞。

1939 年苏联志愿队轰炸机联队来华后，抗日空军远程打击能力得到进一步增强，于是中苏空军决定联合行动，对汉口机场进行一次大规模的攻击。

10月3日9时，事先进驻四川的苏联志愿航空队轰炸机联合队由成都太平寺机场起飞9架DB-3型轰炸机，每机携带100公斤炸弹10枚，前往袭击武汉日据王家墩机场，日军对中苏空军的长途袭击能力估计不足，在王家墩机场上停放了逾百架飞机，且毫无准备。

12时35分，机群飞抵汉口。此时，日本海军木更津航空队的6架新到达的96陆攻轰炸机刚飞到机场，日本第1联空司令官冢原少将等军官都在战斗指挥所门前迎接。恰在此时，抗日空军群同时飞临并实施轰炸，由于事前准备了详细的机场资料，因此轰炸时仅做一次通过即投放了全部炸弹，机场立即成为一片火海。

日海军木更津航空队副队长石河中佐、鹿屋航空队副队长小川中佐及士官5名当场被炸死，冢原被炸掉左臂。40多架飞机被炸毁，一部分油库和航运器材库也被炸毁。日军事后估计损失在2000万日元以上，而苏联飞机仅一架负伤。在轰炸中数架敌机曾强行起飞拦截，当苏联空军轰炸完毕后，日海军飞行员坂井三郎驾驶战机升空追击，抗日空军以严密火力阻击，敌虽尾追100公里，仍无功而返。9架轰炸机于下午15时40分悉数返航，降落成都太平寺机场。

10月14日上午8时30分，苏联志愿队轰炸机联合队以20架DB-3轰炸机再次出现在武汉王家墩机场，此次各机根据上次轰炸的经验，除携带炸弹外，又追加50公斤燃烧弹和14公斤杀伤弹多枚；12时30分，第二批6架抵达。此战共炸毁日本轰炸机66架，战斗机37架，炸死日本飞行员60余人及陆海军官兵300多人。在当时，这是日本遭受到的最沉重的一次打击。

日本海军为报复，11月4日，派出了在武汉的所有72

架轰炸机，由第13航空队司令"轰炸大王"奥田喜久司大佐指挥，直奔成都。

抗日空军的地面情报网得悉报警，5大队两批出动拦截。17中队的7架法国制造道瓦丁D510战斗机和27中队7架伊－152首先起飞，在成都和温江间巡逻待战，随后29中队的9架伊－152也在成都附近待战。日军第一机群在成都市区正北的凤凰山投弹，第二机群则前往轰炸成都西面的温江机场（现黄田坝机场）。抗日空军分头应战，在凤凰山上空4000米高度处，27中队首先和敌机交手。由于防空预警给了飞行员足够的时间，机群得以事先爬高，从高处俯冲攻击敌机。

第一波冲击后，27中队又从后方在同样高度再次攻击，接着17中队装备机炮的D510战斗机登场。这一次，他们采用平飞状态迎头方式攻击日机，以发挥20毫米机炮的强大火力。数发20毫米弹便可以使敌方机翼起火，并扩展到机身油箱，引起爆炸。17中队飞行员见状大喜，又翻身从后面攻击日机，敌机群中四处起火。这边，29中队的邓姓副中队长率先冲入敌机群，咬住日军队长机不放，只可惜伊－152仅有7－62毫米机枪4挺，火力不足，邓姓副中队长从成都上空一直追到南面的仁寿与简阳交界处才将敌机击落，而他的座机也多处中弹，在仁寿县向家场迫降时撞树牺牲。

此外段姓飞行员在激战中腿部中弹2发，仍追击敌机，将其击落于中江县境内，段姓飞行员也因为失血过多昏迷，飞机失控坠毁在金堂县境内牺牲。

事后，根据现场调查，在简阳击落的日军机正是号称"轰炸大王"的日13航空队奥田喜久司。

刘玉坤将日军连番轰炸成都城的消息也带到了陈家大院。

披着暮色，疲惫的刘玉坤回到庭院，对大太太、二姨太和三姨太都分头讲起了这件事。平日里，并没有多少交集的大太太和二姨太听到刘玉坤这么说，顿时满脸不屑地回应道，全国各地有哪里不被轰炸呢？又不是只咱们一个成都，能活哪块就活到哪块，还不知哪天就被炸了呢。所以，活着一天就要找乐子一天，别真被炸死了，后悔也晚了。

大太太和二姨太一身华丽的旗袍装，俨然名媛姐妹花，虽旷日持久地缺乏锻炼，生就一副敦实厚重的肉感，但淡施粉黛的模样还是有几分半老徐娘的姿色。只是眼下她们这番逻辑着实让刘玉坤很是郁闷，继续解释了几句，发现她俩顽固得像是钢铁，便再也不好去强求什么了。

刘玉坤提起整个成都城最安全的地方怕就是陈府了，听闻此言，两个太太忍不住鄙夷地朝他呵斥着："你就可劲儿吹吧，说得比委员长待的地方还安全，奈何你可劲儿扯，咱们还是不相信。"

刘玉坤已经懒得和她们继续浪费口水，见好就收地去找三姨太。

三姨太刚好正在给小凯凯喂奶，敲了半天的房门，朱南溪一路小跑地奔过来招呼刘玉坤，细嫩修长的小手不停地比画着，道："羞羞羞啊，姑姑正在给小伢儿喂奶哩，你现在就别进去啦。"

"好。那我就不打扰他们了。不过你得帮我个忙，提醒她不要去城里，那里很危险，最近经常被鬼子的飞机轰炸。"刘玉坤煞是紧张地说道。

朱南溪听完用力地点了点头，回应他道："师父您就放心吧，我之前提醒姑姑了，现在您又这么说，那我再跟她好生说说，千万别拿着生命开玩笑。对了师父，我爸好久没有消息了，您有空的话也帮我打听一下吧，姑姑的生活费可是全靠他呢，最近花销有点大。我们委托秦副官去帮忙找了，您有空也帮着留意一下吧，南溪谢过了。"

朱南溪说着说着，那张秀美的脸颊上就梨花带雨一般了。

刘玉坤下意识地蹲下了身子，捏了捏她的小脸，安慰道："你爸爸是成都城手眼通天的大首富，还是个大善人，国军好几架飞机都是你爸爸捐的，他这样的好人怎么会有事呢?!"

"对！我爸爸一定会很快来看我们的对不对?"朱南溪抬起手背胡乱地擦了擦腮边的泪水，勉强笑了起来。

"对！当然对了!"刘玉坤点头道。

"好！咱们拉钩保佑他早点安全回来，好不好?"朱南溪立即伸出了小手，就势勾住了刘玉坤的手指，稍稍用力地拉了一下。

"哦……"刘玉坤还没有回过神来，这一系列连贯的动作，她这小妮子已经独自完成了。

"师父是幸运星，那么多重伤的将士都在您的手下存活了，您一定会保佑爸爸平安归来的。拉过钩啦，愿望一定会实现的啦!"朱南溪顿时笑靥如花。

刘玉坤真是拿她没有办法，但也拗不过她这么单纯的想法。

以为她说完就完事了，刘玉坤正准备起身，却见朱南溪并没有结束的意思，那小手又一次凑了过来，勾住了刘玉坤的手指，就势再拉了一次，接着若有所思了半天叹道："南溪可不是自私的人呢，这个是要来保佑陈家大院里所有的人！也保佑关心陈家的所有人，希望他们都能够平安喜乐。"

"好了，这回结束了吧?"刘玉坤感觉自己的手指都要被她用力的劲儿拉疼了呢，忍不住摇着头无奈地叹道。

"没呀，还有……保佑我早日医术大成，可以像师父这样厉害呢!"朱南溪说着就俏皮地吐了吐舌头，惹得蹙着眉头的刘玉坤都忍俊不禁地笑了起来。

"好了，别贫了，都天黑了，师父还有事，刚给你说的事千万别忘了。"刘玉坤见她的情绪终于稳定，方才缓缓地支起了身子，却是腿脚发麻差点跌倒，幸好朱南溪那幼小的身躯将他挡了一下，否则真怕是要摔个人仰马翻了。

见状，朱南溪忍不住心疼地叹道："师父一定是太累了，您好好休息一下吧。都怪我要脾气，害得您蹲了这么久，把腿都蹲麻喽。"

"没事没事，我这不是好好的嘛。我们都是好好的呢。"刘玉坤浅笑着道。

说完之后，便别了朱南溪朝大门快步走去。

这时迎头就遇上了老婆婆，一路小跑，一脸慌慌张张挎着竹篮子的她差点和刘玉坤撞了个满怀。记得也是格外提醒过她，要尽量避免私自外出，这几日都要安稳待在家里。

幸好被刘玉坤扶住了，不然一篮子的鸡蛋怕是要跌碎一地。一看就是心疼女儿三姨太，怕养娃的她营养跟不上，这才冒着生命危险去选购食材。

这前脚才踏进陈家的庭院，后脚就听见门外响起了一阵飞机的轰鸣声。

老婆婆吓得脸色煞白，朝刘玉坤点了点头道："我怕这几天没吃的，所以趁着还没天黑，就跑出去了。下次不会私自出去了！真是太危险了。"

望着老婆婆远去的背影，刘玉坤忍不住感叹道："这个世界，母爱是可以不怕死的。还有，自我膨胀也是不怕死的。"

刘玉坤这阵子找到了一条军事地图没有标注的小路，虽是蜿蜒了一些，但可以从陈家直接抵达西南联合医院。

今晚是他值夜班，所以他下意识地看了一下怀表时间，与往日没啥差别。

看来自己的生物钟还是比较准的呢！

这款怀表是德国货，是戚院长特地向上头为医疗骨干们申请的福利。

数量有限，全院应该不超过五块，这足可见刘玉坤受器重的程度。

才换上了白大褂的刘玉坤，忽然听到一阵防空警报声，他立即招呼医务人员赶紧躲到防空洞里。见到大家都躲得安稳，他才一起躲了进去。

隔着厚厚的石砖，可以听到头顶一阵阵宛如地震般的轰炸。

每一次巨大的震荡波，都会挟裹着石缝间的尘土飘荡下来，落在了大家的头顶上，身躯上，甚至脸颊上。

为了保命，似乎也只能这样挤在潮湿沉闷促狭的防空洞内了。

约莫半个钟头之后，轰炸渐次停了下来。

医务人员这才一个个从防空洞里钻出来，拍拍头脸和身躯上的尘土，各就各位地进入自己的本职岗位。

就在这时，军车的呼啸声由远及近，刘玉坤本能地朝急诊的地方探头望去。

这时，只见满身是血的秦副官从车上跳了下来。

见到刘玉坤，他神色肃穆地嚷着快点救人。

这时士兵抬着两个面目全非的旗袍女子下了车。

刘玉坤条件反射地想起了出门前的大太太和二姨太。

身体微微颤抖地凑近了一看，竟然真的是她们！

刘玉坤没有退缩，立即冲上前去施救。

发现两个人的半边脸已被炸飞，若不是这一身熟悉的旗袍，还有腕掌间常戴着的陈家玉石标识，他一定不会如此肯定地认出她们。

即便是叫来了医疗同仁一起抢救，也无济于事，连最后一句遗言都没有听到，或许这就是她们追求的享受，追求的自由吧！

她们那不可一世的说辞，依然萦绕在刘玉坤耳边，然而残酷的战争却不会因为某个人的意志而更改炮弹的运行方向，也不会减弱炸药的威力，为某个人而出现破例。

战争就是战争，不是你死就是我活的存在，赤裸裸的，没有任何商量的余地。

见两个人已经回天无力，真是恨铁不成钢地怨念二人没有听他的规劝。

刹那间泪水狂涌而出，刘玉坤忍不住蹲了下来，双手支在地上，久久无法起身，悲咽了半刻，在身旁医护的搀扶下才缓缓地直了起来。

突然间，他又发狂了一般地又奔了上去，徒手用力地按压着两个人的胸肋，试图将她们按活过来。僵硬而冰冷的躯体早已在昭示，人已远去，再也没有任何挽救的机会。

这就是战争吧！

这就是死亡吧！

这就是无奈吧！

这就是事实吧！

累得满头是汗的刘玉坤摊着手从抢救室内挪步出来，他眼圈通红，双膝还遗留着跪拜留下的尘土，秦副官见到这一幕，似乎也早已意识到了结局。

秦副官下意识地搓搓手，哆嗦了一下嘴唇，又随之停止住了。

他实在不知自己该如何开口，从刘玉坤手上沾染的血迹可以看出，为了救人，他已经豁出去了。

眼前这个相貌俊逸的年轻人，虽说比他秦副官还年轻不少，但过硬的医术早已人尽皆知。在残酷的战争面前，生死如鸿毛，幸运似千金。谁躲得过，谁躲不过，还真不好去评说。

他们还没来得及寒暄，只听到又一辆军车轰鸣而至。

刘玉坤微微蹙眉，深深地吁了一口气，叹道："今晚真是多事之夜啊！"

容不得刘玉坤喘息，第二辆军车上又抬下了几个男女，甚至还有个孩童。

一个女子满身是血，只是貌似还能动弹，还有呼吸。

男子则好像没那么幸运，整个右手臂已经炸飞，左腿的膝关节也在汩汩地流着鲜血。孩童更是悲惨，心脏的地方已经被炸成了糨糊……

抬伤员的男子中，军装上的军衔显示大约是个军官，虽然没有受到严重的伤害，但耳朵被削去了半只，滴下的血液已经染红了身上的衣衫。

他满脸愧色地跪在了刘玉坤的面前，磕着头哀求道："刘医生，晓得您是声名远播的神医，求求您，救救他们吧！救救他们……"

几乎是哀号一般地跪在地上，俨然忽略了自己耳朵受伤的钻心刺痛。

就在这时，他整个身子骤然前倾。

"扑通"一声。

中年军官顷刻倒地，耳朵上的鲜血骤然喷射而出。

"他的耳朵要止血，赶紧包扎一下。"

随着刘玉坤的一声令下，赶来的医生护士随即将倾倒在地的男子抬上担架，火速运往手术室。

不过才走到半路，却见那男子径自醒了过来，毫不顾及依然涓涓涌着鲜血的耳朵，挣扎着从担架上跳了下来，一瘸一拐地朝急诊室的方向跳跃着奔去，那劲头似乎不到战死的一刻，永不放弃。

医护这次注意到了他身上的军服。

追上来之后，见这男子嘴巴里不住地喋喋不休着："怎么可以，怎么可以让老百姓流血牺牲，让他们生死未卜……"

"您老是念叨着'老百姓'，不会是……"追上去的一个话痨护士忍不住追问道。

"嘘。"男子示意道。

"听说八路里那些共产党都是不怕死的，今天算是见识到了！"护士叹道。

"少多嘴，免得惹麻烦。"医生赶紧制止护士道。

"为什么？"护士还扭着头，不依不饶。

"团结！团结抗日！不分八路不分黄埔，都是中国人！"医生道。

"好吧！团结抗日！"护士也勉为其难地点了点头。

军服的肩章早已被染成了一道血色印迹，远远地看去，仿佛一道彩虹。

只是太过猩红，太过刺眼，太过令人动容。

刘玉坤认定他是八路。

刘玉坤见八路挪着身体过来，受伤的耳朵早已肿成了包子，立即对着医生护士厉声喊道："包扎，让你们包扎的呢！怎么不执行？！"

"刘主任，我们去包扎来着，可是人家硬是跳下了担架直奔这里，我们也爱莫能助啊！"医生苦着脸回应，护士倒是低着头。

"好！知道了，他的伤我来处理！这几个人运走吧，都已经不行了。"刘玉坤微微皱了皱眉头，摆了摆手道。

八路男子听到刘玉坤口中说出"不行了"三个字，顿时颓然蹲在了地上，又软软地跪了下去。

眼泪啪嗒啪嗒地坠落在眼前的地面上，落在那干了的血迹上，混杂在了一起，凝成一股血色的线条，肆意流淌，就像是一个冤魂在这尘世间发出的最后控诉和道别，而跪地的八路，则是那个无奈送别的存在。

见到刘玉坤过来，他一把抱住了他的双腿，哀求着问道："小孩子还活着吗？参谋长还活着吗？那个和陈长官姨太太一起玩麻将的夫人还活着吗？"

一连串如呓语的问话，听得刘玉坤头皮发麻。

但刘玉坤还是一字一句地回应了他："很抱歉，咱们都尽力了，人确实不行了。依照现有的医术，抢救了许久，依然是回天无力，但愿他们走好吧。"

"啊！都怪我啊，不该放那个孔明灯，都怪我……呜呜呜……陈德先啊陈德先，你害人不浅啊……没有孔明灯，那个隐蔽的地方，鬼子飞机根本就没法发现啊……"男子继续哀号着哭诉道。

听到陈德先的名字，刘玉坤骤然一怔。

好久没有听到陈长官的消息了。

没想到会在这样的状况下听到。

而且还是在他两房太太，还有同僚被炸死的情况下。

莫非其中还有什么瓜葛？

总之刘玉坤是不得而知，然而眼前的八路似乎知道得挺多。

刘玉坤将八路军官受伤的耳朵包扎好，才晓得这人姓周，是一名新四军干部。

因是陈德先这个纵队长的部下，所以对他的消息了解较多。

这次他返回成都，一来与川军的参谋长交代一些事宜，二来探望一下久未相见的双亲。岂料还未及探亲，就在参谋长家发生了这样的意外。

"刚才你说陈德先，这轰炸的人是日本鬼子，关陈德先什么事?"刘玉坤忍不住问道。

"陈德先让我见川军参谋长的时候带个孔明灯给小朋友。"八路军官叹道。

"带孔明灯不是很正常吗? 小孩子就喜欢这些奇奇怪怪的东西。说明他很细心啊，懂得小朋友喜欢什么，而且还记在心里。"刘玉坤不以为然道。

"没有那么简单! 问题就出在这个孔明灯上。"八路军官若有所思地说道。

"此话怎讲?"刘玉坤问。

"你想啊，黑灯瞎火的夜晚，鬼子轰炸，也要找到有人的地方啊。这么放孔明灯，不是正好给鬼子提供了一个方向性指引了嘛? 怪我怪我怪我啊，考虑问题那么简单，没有想到这层，更没有立即制止，才导致现在的恶果，我真是罪该万死!"八路军官神色黯然，一个劲儿地自责道。

这一幕看得刘玉坤很是心痛，这段时间的救治中，也见识过不少国军军官，官老爷的做派一个比一个严重。特别是偶尔打了胜仗的，更是威风八面，逢人便说，甚至还虚荣地想将"常胜长官"作为标签挂在身上。遇到一些责任问题时，一些国军军官能推则推，能栽赃就栽赃，能嫁祸就嫁祸，一点儿道义都不留。还有就是明哲保身，各自为政。以至于汪伪首领经常将民族大义为先挂在嘴上，似乎在特意提醒这些享乐在前吃苦在后的官员必须紧密关注当下战局，以党国危亡为重，以个人私利为后。更有甚者，一些不仁不义的国军军官竟然大发战争财，囤积居奇，低买高卖，搞得怨声载道、民不聊生。

刘玉坤的脑海里一直飘雪片般回荡着那些画面和嘴脸，直到眼前的八路军官哭泣起来，他才将自己的心神再次拉了回来。

"你别再哭了。这事儿不怪你。要怪就怪这战争，怪生不逢时吧。"刘玉坤忍不住安慰着他。

说完之后，缓缓起身，将已经瘫坐在地上的八路军官双手搀扶起来。

"不不不，我有罪！我要接受惩罚！是我的无知，害得那么多无辜的人被鬼子炸死。"八路军官继续嗟叹着，抽泣道。

"无辜的人？那么多死去的人，有哪些是该死的？又有哪些是不该死的人呢？他们都是战争的牺牲品，全都是！"刘玉坤泣叹。

说完之后，不由地又念起了母亲，念起了刘氏家族从东北流亡关内，那些可爱可亲可敬的身影最终都死在战争旋涡里，此生再也无法复见。

"是的！那么多无辜的人！只是……"八路军官欲言又止。

"只是什么呢？"刘玉坤缓了缓心神，竭力让自己保持淡定，此刻已近午夜，他却是毫无困意，布满血丝的双眸一直凝视着眼前看起来厚道的军官男子。

"只是陈德先竟然没有任何话让我带给他的姨太太，要知道他已经猜到了姨太太会来参谋长的家里，与他的夫人一起搓麻将的。还说，若她们问起生活费，就说军饷马上就会下发，钱比之前更多，可能还有金子。"八路军官很疑惑。

"这个回答真是蹊跷！"刘玉坤摇头叹道，言说间一脸的若有所思。

"是啊，当时听完他的话，我就质疑了。他并没有给出任何解释，在我看来，眼下的俸禄越来越少了不说，哪里还听过发金子的？如果不是美国佬奉送，除非去抢！"八路军官道。

"这么说，还真有可能哦！一些想发战争财的人，白天做人营救百姓，晚上做鬼趁火打劫，也不是没有，我在这里做了这么久的医生，也听一些人说过，虽然没有验证，但也许不是空穴来风吧。有些军人做军阀惯了，自私自利的心怕是一时半会儿改不了，能抢就抢，能占便宜就占便宜，哪里还顾及百姓死活。"刘玉坤道。

"这个一定不会是咱们共产党，我们不拿群众一针一线。"八路军官立即表态。

"戚院长已经动员我入党了，党章我也认真研读了好几遍，确实，咱们共产党的要求更加严格，一般政党的觉悟，根本不能与之相提并论。"刘玉坤道。

"欢迎新鲜血液加入！咱们党太需要你这样有正义感的热血青年了！"八路军官听闻他被戚院长动员加入共产党，眼前顿时一亮。

"还请前辈多指正。"刘玉坤谦虚道。

"别，咱们党一律叫同志。刘玉坤同志你好，我叫周孝先，客居四海，祖籍金陵。"周孝先说着伸出了双手。

一般人握手基本上都是伸出一只手，这人却是一伸就是一双。

刘玉坤的双手紧紧地与他握在了一起。

两个人刹那间都感受到了来自彼此传递过来的力量。

那种只有革命党人才能体会到的沸腾与热血。

那种只有对祖国心怀赤诚的人，才能体会出的炽烈深情。

彼此双手紧握，彼此双眸相望。

彼此激励鼓舞，彼此热泪盈眶。

许久之后，他们松开了彼此的手。

周孝先方才激动的情绪，稍稍地平缓了几分。

"战争是残酷的，和平才是永恒追求！"刘玉坤叹道。

"是啊！真希望战争尽快结束，把鬼子赶出中国！"周孝先道。

就在这时，门外传来了熟悉的声音。

刘玉坤抬头看去，只见秦副官脱下了军帽，一脸哭丧地喊道："玉坤！救人！救人啊……老婆婆要不行了……"

他赶紧起身出去，赫然浑身一惊。

秦副官口中的老婆婆竟然是三姨太的母亲，身上早已血肉模糊，手里却还死死地抓着一只老母鸡。

见状，刘玉坤迅速上前检测生命体征，然后直接就瘫软了下来。

"阿姨对不起，如果我不从陈家大院出来该多好，就会阻止你这样疯狂的举动。不是已经备好鸡蛋了吗？何必还要冒风险去买老母鸡？您这样，可如何是好？三姨太怎么受得了这样的打击？"

刚才还数落着八路军官的刘玉坤，这一刻自己倒是跪下了。

"玉坤快点救人啊，你医术那么高明，一定有办法的，一定有办法的，对不对？对不对啊？"秦副官哀求着刘玉坤。

"身躯大面积烧伤，内脏大部分震碎，生命体征已全部消失，不要说我刘玉坤一介俗医，就算是神仙来了都救不回来了啊！"刘玉坤一脸的黯然。

听闻他这么说，秦副官也不知如何才好了。

这大男人哭哭啼啼的也不是办法，便相互搀扶着站了起来。

接着两个人商量了一番，秦副官便一脚踏上了军车，朝陈家疾驰而去。

沿途，还可以听到炮弹坠落爆炸的声响。

好几次，那巨大的气浪都差点将秦副官的车掀翻。

他想应该是军车的前灯和尾灯引起了鬼子飞机的注意，以至于对其不断地轰炸。这样战火纷飞的漆黑夜晚，想活命的民众都会老实地躲在家里。想到这里，他关闭了车灯。

约莫是寻不到灯光的指引，鬼子的飞机在一番狂轰滥炸之后，便无功而返了。

秦副官再次开启了灯光，火速奔向陈家。

在庭院门口叫了半天之后，才算是叫醒了熟睡的三姨太。

准确地说不是叫醒了三姨太，而是叫醒了朱南溪。是朱南溪将三姨太叫醒，才给秦副官开了门。

原本还想瞒着三姨太。

但见到她似乎早有心理准备，也便如实与她讲明了情况，希望她可以见到母亲最后一面。这几天战火不断，看完最后一眼，遗体也要紧急处理，免得节外生枝。

虽说三姨太之前预感不妙，但也不会想到一个大活人来来回回两次，就再也回不来了！要知道昨天下午的时候刘玉坤还特别嘱咐不能随便外出，真是悔恨没有听他的规劝。原本母亲冒险带回鸡蛋之后，她是劝说不让她再出去的。没想到一个转身，她竟然买老母鸡去了。

这一去，迎来的是阴阳相隔。

三姨太接受不了眼前的现实，整个人直接晕倒在了秦副官的怀里。

他赶忙将她抱起，缓缓地平放在一旁的床上。

朱南溪立即指掐人中，过了好半天，三姨太才醒来。

半晌之后，才意识到秦副官和朱南溪这大半夜地围着她是因何事，想起悲伤之事，抱着朱南溪便痛哭了起来。秦副官一边安慰，一边告诉她不宜久等。她便在秦副官的搀扶下缓缓起身。

原本打算家里留下朱南溪照看熟睡的小孩子。但考虑到陈家已经空无一人，留下这小妮子在家，害怕不说，万一遇到不测，岂不是又要悔恨？

想到这里，三姨太抱着娃儿，牵着朱南溪，一起走向秦副官开的军车。

陈家大院落锁的瞬间，三姨太的手指竟然剧烈地抖动了起来。少顷之后，才稍稍缓和了几分。

"快点吧，朱倩。"秦副官竟然叫出了三姨太的名字，她先是一怔，接着用力地点了点头表示回应。

"秦逸，你的大恩大德，我朱倩都记在心底了。如果还有来生，我一定会尽力报答你！"三姨太抱紧了娃儿，尽量不让风吹进来惊醒了他。至于朱南溪，则透过车窗望着漆黑的夜色发呆。

大约是一直在思考着什么问题吧，想了半天，她终于想起了什么，急切地说："姑姑，还有我爸爸啊！还有我爸爸！奶奶死了，爸爸不要见她最后一面的吗？"

说着说着，开始抹起了眼泪。

原本清秀精致的脸颊，瞬间都被她哭皱了。

楚楚可怜，又梨花带雨的样子，确实令人心疼。

"南溪啊，你别急，等到了地方，让你师父给你爸爸打电话。好不好？你坐好喽，咱们加快速度了！"秦副官微微回了个头，在深夜的成都街巷疾驰。

再次亮起的车灯，照亮了漆黑的夜。

也仿佛可以照亮这漆黑的世界，这漆黑的局势。

然而，事实却并非如此。

蛰伏许久的鬼子飞机又再次轰炸了过来。

秦副官只能一边安慰着她们，一边猛踩油门，疾驰在黑洞洞的街巷间。

他不知道下一个炮弹会不会就落在自己的头顶，但他始终觉得自己一定要闯出去，一定要闯出去。

非常不幸，一个炮弹还是在汽车后方炸裂了。

巨大的气浪让军车弹跳了起来，秦副官护住坐在后排的朱倩母子和朱南溪，自己还是直接被震飞出了军车，整个车灯也瞬间熄灭了。

原本被车灯照亮的世界，顷刻又陷入了巨大的黑色之中。

无边的夜色，无边的血腥，无边的轰炸依然在耳际回荡。

他感觉黏糊糊、热乎乎、腥乎乎的液体顺着双腿之间流淌下来。

整个身体似乎忘记了疼痛，像是一团软塌塌的棉花。

"秦逸你醒醒！你醒醒！你可不能死啊！你死了我怎么办！你死了我就是个罪人啊！我……快点起来……咱们上车……上车……"三姨太一边用力地晃着秦副官，一边将肘间的娃儿交给了朱南溪。

朱南溪吃力地接过娃儿抱着。

接着，便见姑姑将躺在血泊中的秦副官用力地背了起来，艰难地移动到军车旁，并吃力地将他推到了座位上。

朱南溪也乖巧地挪正身体抱紧了婴孩，将自己稳固在后排。

三姨太发动了军车的引擎，她再也不敢开车灯，黑灯瞎火搏命般狂奔在成都的残街破巷，朝着那生的方向进发。

虽说西南联合医院的方向比较模糊，但印象中一路向北是没错的。

黑灯瞎火中开车，真是够呛。

加上对路况并不熟悉，三姨太撞上了电线杆，巨大的冲击力直接将她震晕在了方向盘上。

后排的朱南溪幸好手抓得紧，不然早被震飞了出去。

此刻她紧紧地抱着婴孩，整个人大气不敢出。

少顷之后，她壮了壮胆，推了推姑姑，见她趴在方向盘上，纹丝不动。

试探了一下，体温脉搏尚在，呼吸即便微弱也尚在。

下意识继续拍了拍宛若熟睡了的秦副官，发现他的嘴唇已经惨白。

应该是大量失血导致的。

她现在这个状态也不便去救治，只能摇醒姑姑，让她尽快开车赶往医院了。

拍拍打打了半天之后，还是未能将姑姑叫醒。

就在这时，附近民居响起一阵歌声。

> 跑马溜溜的山上，一朵溜溜的云哟，
> 端端溜溜地照在，康定溜溜的城哟。
> 月亮弯弯，康定溜溜的城哟。
> 李家溜溜的大姐，人才溜溜的好哟，
> 张家溜溜的大哥，看上溜溜的她哟，
> 月亮弯弯，看上溜溜的她哟。
> 一来溜溜地看上，人才溜溜的好哟，
> 二来溜溜地看上，会当溜溜的家哟，
> 月亮弯弯，会当溜溜的家哟。
> 世间溜溜的男子，任我溜溜的爱哟，
> 世间溜溜的女子，任你溜溜的求哟，

月亮弯弯，任你溜溜的求哟。

……

这首康定民歌，将三姨太唤醒了。

她揉了揉眼睛，发现竟然有泪。

她被这首歌感动了。

军车再次启动，快速后退。

车轮卡在了一个坑道里。

她咬紧牙关，加大了油门，攀爬了数分钟之后，终于爬出了坑道。

一个俯冲直接上了公路。

顾及不了那么多，前后车灯开启，向西南联合医院狂奔。

三姨太的开车技术，实在是烂得可以。

一路颠簸晃荡，失血昏睡的秦副官都被晃醒了。

只是醒来的他，似乎更加疲惫了。

三姨太下意识地看了他一眼道："秦逸，马上就要到医院了，挺住啊，挺住！"

秦副官早已无力到发不出任何声音，强打精神睁开双眼，眼皮也是很快便耷拉了下去。

她焦急得简直要崩溃，好在快要赶到医院的时候，刘玉坤带着医院的保安一起赶了过来为他们引路。

刘玉坤不会开车，保安也不会。

三姨太摇摇晃晃地，终于将撞得七零八落的军车停在了医院门口。

几个人费了九牛二虎之力，才将秦副官从撞扁了的副驾驶位置上抬下来。

刘玉坤亲自给秦副官检查身体，发现他几近失血性休克，很快给予止血扩容对症治疗。

最近伤病员太多，西南联合医院的血库里已经没有备用血，也就是说如果再有需要输血的伤员或者患者，只好临时抽取献血员的血，否则就只能等死。

好在秦副官的运气不错，失血及时控制住了。

刘玉坤用的是穴位针灸加血管缝合法。

单用任何一项，估摸着都会歇菜。

如此说来，他开创的中西医结合医疗模式，关键时刻，还真是患者救星。

大约半个时辰后，秦副官终于有了些知觉。

虽说睁眼稍有费力，说话也不太周正，但总归是捡回了一条命。

秦副官失血的原因，是极其凶险的动脉破裂。按照刘玉坤的说法，再拖延半个钟头，就算是神仙也没办法回天了。

三姨太揪心了半天，一阵后怕地暗叹着，若不是她被朱南溪及时唤醒，怕是真会把秦副官的命也给搞丢了。

眼下秦副官已经基本脱险，三姨太将注意力又抽回来，她缓步离开病房，找到了困倦不已的刘玉坤，让他给自己二哥打电话，最好能让他和逝去的母亲见上最后一面。

既然三姨太有这个请求，刘玉坤也不是不通情理的人。

他立即找到了院办的钥匙，抓着手摇电话，给三姨太的二哥，也就是朱南溪的父亲打电话。

连续拨打了好几遍，都没有接通。

站在一旁的三姨太焦躁得直叹气。

怎么也不会想到二哥的电话这么难打。

作为资深商界人士，他的电话平时都是一拨即通的，哪怕不是本人接听，也会有秘书负责传话。眼下可好，不论是秘书还是本人都没个影踪！莫非？莫非二哥也出事了？一丝不祥的念头从心头划过，三姨太的身体开始微微地颤抖，但她还是不停地安慰着自己，二哥可是手眼通天的人物，哪怕全世界的人出事，他也不会有事的！

刘玉坤从不是轻言放弃的人，不过是拨了两次电话拨不通而已，那还可以继续拨下去啊。

所以，很快他便再次拨起了电话。

这次竟然接通了。

只是说话的人听起来不像三姨太的二哥朱瑾，也不像他的秘书。

刘玉坤也因此惊出了一身冷汗。

只听见那话筒里的人，先是叽哩呱啦讲了半天日语，接着就开始了并不太流利的汉语，但连猜带蒙，基本上还是可以一知半解，刘玉坤差不多知道了话筒里那个人说话的意思。

简单点说，就是三姨太的二哥朱瑾被人绑架了。

从说话的方式看，基本上与日本人有关。

毫无疑问，对方要的是钱。

钱到位人没事，钱不到位就撕票。

不过，按照眼下刘玉坤的判断，就算是给足了钱，也不排除对方撕票的可能。

毕竟日本鬼子出尔反尔心狠手辣，谁和你玩契约精神呢？

在这生死之间，刘玉坤答应与对方见面谈。

闻言，三姨太深深地捏了一把汗。

如果是秦副官答应面见的话，她或许还感觉正常，可眼下是手无缚鸡之力的文弱书生刘玉坤去接招，不要说能否将二哥解救，搞不好还可能把自己都搭进去。

就在这时，已经恢复了体能的八路军官周寿先与陈长官取得了联系。

听闻自己的岳母死在日本鬼子的炮弹之下，陈长官顿时来了怒火。加上与他一直有合作的朱瑾被日本鬼子绑票，更是令他如坐针毡，应允立即带上特战小分队去处理此事。

陈长官赶到西南联合医院的时候，正赶上戚院长严肃处理检验科的检测员。原因是蜜恋期的他，张冠李戴了两份男性体液标本，其中一份极有可能是此前在这里检查过的陈德先。

见到陈长官到来，戚院长还以为陈德先已经知晓了情况，过来兴师问罪了呢。他一改往日的平起平坐，立即将陈德先拉到了自己的办公室，陪着小心地试探着聊起了上次的检查。

一直心存怨气准备解决完朱瑾的事情之后，再看看三姨太生的"野种"到底啥个长相。

如果确信不是自己的，搞不好就弄死，一解心头之恨。

现在听闻戚院长如此峰回路转的说法，他整个人不知该忧还是喜！

总之，整个人愣在原地，像个石膏像一般久久不能平静。

"你他妈的说的什么？搞错了？"陈长官忍不住动起了粗。

"这个，我也没料到，幸好及时发现。"戚院长继续赔着小心道。

"及时发现？亏你还说得出口，儿子都出来两年了，差点气得我弄死他！万一真被我弄死了，结果证明还是我的，这个锅该谁去背？"陈长官怒火中烧地吼道。

就在这时，门外响起了一阵娃儿的哭泣声。

大约是心有灵犀，陈长官立即指着戚院长叹道："老戚啊，别怪我，我一时火上来，都不知自己姓谁了。可能我儿子来了，我得去看看。"

戚院长根本没和莽夫一般的行伍人士一般见识，而且这么多年来他对陈德先的脾性多少也有所了解。他火气大倒是没什么，万一这家伙变得客套起来，还真倒是要注意了。万一他玩个阴招，说不定命都没了也不知咋个没的。

出了门，见到三姨太抱着娃儿。

陈长官一眼就看到了那张与自己几乎一个模子刻出来的脸，还有与三姨太几分神似的眉眼口鼻，整个一俊逸小哥，未来少帅。

他激动地把娃儿抱了过来，来回转了几个圈儿。

奇怪的是，这娃儿不仅不哭闹，反倒是被陈长官逗得咧嘴笑了起来。

孩童越是笑，陈长官脸色越是难看。

他心头五味陈杂，膈应半天，终于忍不住仰天长叹："啊啊啊！我陈德先有儿子了！我有儿子了啊！"

长喊数声之后，他才擦了擦眼泪道："他妈的，这个消息来得太迟了啊，好几个人不该死的！周孝先啊周孝先，怪我啊，怪我！"

刘玉坤听到周孝先三个字，立即就想起了那个八路军官。

记得他曾经扼腕叹息地谈起那个蹊跷的孔明灯，还有陈长官姨太太要生活费的事。现在人都死了，只能收纸钱了，那些在阳间不值钱的黄纸肯定比平日的生活费要多得多了，甚至烧一堆纸钱金元宝也不是不可能！如此说来，陈德先早就有暗示啊！简直太恶毒了，太恶毒了！

除了这个之外，还让放孔明灯的孩童，以及陪着大太太、二姨太搓麻将的一伙人也死于炮弹之下。最为可惜的，莫过于川军参谋长，一个正派人士，也在轰炸中不幸丧生。这不仅是他们整个家族的损失，更是国家和民族的损失啊！

这一刻，陈德先感觉自己是个十恶不赦的罪人，立即伏地虔诚地叩头跪拜，口中依然不停地念叨着："我有罪，我该死，我害死了你们，我愿意受罚，但请不要降罪于我的家人和孩子。我做错的事，我一人承担……"

"人都死了，说这些有什么用呢。陈长官，快点起来吧。"戚院长过来将跪拜的陈长官从地上搀扶了起来。

处理完秦副官伤口的刘玉坤也走了过来，拍了拍陈长官的肩膀道："误解消除，太阳照常升起。"

"但是对于那些无辜逝去的人而言，他们的太阳戛然而止，永远都升不起来了。"陈长官不无哲理地叹道，说完之后，双手抱头，用力地抓着没有几根头发的头颅，那种生不如死的感觉充斥着四周。

"斯人已逝，生者如斯。这么惩罚自己，作践自己又有何用？还不如将功补过！救人度人，以求心安。"刘玉坤叹道。

原本还在思想的胡同里不停打转的陈德先，顿时豁然开朗一般地凝视着刘玉坤叹道："将功补过？救人度人？有这样的机会吗？"

"有啊！远在天边近在眼前，你这么有智慧的脑袋，怎么说忘就忘了呢？"刘玉坤摇头叹道。

"什么？直说！"陈德先一副不解的模样追问。

"看来脑袋真是气坏了、烧坏了。既然如此，我还是直说吧！就是你的小舅子朱瑾啊！不是被日本人绑架了吗？你本事大，去救他啊！"刘玉坤提醒道。

"这个？"陈长官沉吟了片刻，便用力地点了点头："要的要的，要救的！现在就去救！"

"从刚才打电话和接电话的情况来看，朱瑾应该还在自己的办公室。那个电话是他的办公所电话。你们俩那么熟，他的办公所在哪里，你不会不晓得吧？"刘玉坤又提示着。

"晓得晓得，这个肯定晓得！"陈德先如捣蒜一般地点头回应道。

"晓得就好！那咱们就等着陈长官凯旋了！届时大家给你庆贺！"刘玉坤笑着说道。

虽说三姨太有些隐隐地担心陈长官的安全，但当事者是自己的亲哥哥，是自己在这个世界上不多的血脉亲人，救他是毋诵庸置疑的事情。然而，想到自己儿子尚年幼，这两年来还是初次见到生父，就这么匆匆离别，万一陈长官有个三长两短，孩子未来就没有保障了呢！

三姨太纠结不已地思考着，一个是自己的亲哥哥，一个是自己的夫君、孩子爹。两个人都是生命中至关重要的人，根本就没法取舍。

陈长官还是自告奋勇地要去救人。

八路军官周孝先也主动请缨护驾，很快便带着特战队出发了。

还没到朱瑾的办公所，就在半路途中遭遇了巷战。

原来这帮鬼子残忍得很，从朱瑾那里没有捞到好处，就把他斩首了。

首级被挂在了成都城最繁华的地段，吓得陈长官至今都不寒而栗。幸亏有周孝先接应，才得以让特别战队以微弱的优势侥幸消灭了那股日本鬼子。

听到这个噩耗，三姨太整整哭了三天没下床。

埋葬了母亲和二哥，她的精神一直处于恍惚之中。

用她的话来说，那就是在她的世界里，除了儿子陈凯和陈长官之外，再也没有任何至亲的存在了。

陈长官思妻念子心切，早已在江浙之地打了好几次回归川军的申请报告。岂料，夜间饮酒寻欢作乐并枪杀平民的黑料被挖出，被勒令降职察看。这期间，陈德先几乎被软禁在江浙一带。

待在江浙的时间里，发生了震惊全国的皖南事变，处于检讨期的陈德先完全掌握了当时形势的所有动向与消息，总感觉事态不妙。如此算来，自己犯了错，还因祸得福了。如果被派遣去镇压当初一起抗日的兄弟们，说不定自己也九死一生了。念及此，他对生死和对错已经看开，更加愿意接受命运的安排。

这次突发事件，无论是对于西南联合医院的刘玉坤，还是对于陈德先本人，以及对于秦副官而言，都是一个不可思议的转折。

不可思议的是，秦副官已接到指令，被提拔为某行动部的部长，开始发动围剿计划。这个丑恶的计划，受到了秦副官的极力反对，他还差点因此得罪了某些人。幸亏有他老爷子在其中斡旋，才得以解围。

原来的部队遣散后，在秦副官帮忙游说之下，陈长官才得以脱险，从驻扎反思的江浙一带，顺利转到了成都川军。

这样，一来可以回到熟悉的战场，二来可以隔三岔五跑回去看看儿子。

刘玉坤再次见到陈长官的时候，已经阔别了两年。

他提议一起叫上秦副官，再次把酒言欢。

这个局组得其实并不顺利，首先是一段时间内陈德先怀疑秦副官给自己戴了帽子，甚至感觉这个儿子不是自己的，暗戳戳地念着很可能是秦副官的，最后验证了儿子还是自己的，如此看来还是自己小人之心太甚，甚至因此波及无辜的人丢了性命。一想到这里，陈德先还是免不了会心如刀绞。

刘玉坤和秦副官心地坦荡，所以不担心因为某事而遭受良心的拷问。但陈德先不同，他的那些破事真的会让他良心遭受辗转反侧的折腾，但陈德先还是赴约了。多年后的再聚首，三个人百感交集。

"其实这个酒啊，应该等到将鬼子赶出中国的时候再喝的，我记得我曾经这么说过。"秦副官叹道。

"你是说过，但挨不过玉坤的一番盛情啊。再说了咱们都是上战场的人，说不准哪天被那不长眼的子弹命中了，想再聚聚，都难了。"陈德先若有所思地说道。

"别别别，别说这么不吉利的话吧。咱们都会熬到最后的胜利！将鬼子赶出中国去！"刘玉坤立即制止陈长官情绪低落的言辞，安慰着感叹道。

"好吧！来！我先干为敬了！感谢二位对陈家的关照！也请原谅我的狭隘，让二位受委屈了！"陈长官端起面前的酒碗，一饮而尽。

随后，刘玉坤、秦副官都同样毫不含糊地将自己面前的酒也消灭个底朝天。

酒过三巡之后，三个人都有了些许微醺。

陈长官继续哀叹着："我们仨啊，数我最没用了。要是哪天我出了事，还要劳二位关照他们母子。"

闻言，刘玉坤和秦副官都表示了反对，声声好言地劝诫他不要这么伤感，人世间阴晴常有，太阳照常升起。

"哪里有那么容易的事，那些挥不去的罪过每天都在折磨我。经常夜半惊醒，似乎都可以看到他们在拷问着我，为什么要害死他们?!"陈长官黯然叹道。

"那就多杀鬼子吧，替他们把冤屈补偿回来。"刘玉坤道。

"是的！这一切的罪恶之源都是因为有了那些侵略者，如果不是日本鬼子，哪里来的颠沛流离，妻离子散呢?"秦副官也跟着说道。

"如果真这么说的话，我心里倒也稍微平衡一些。只是近来体力下降得厉害，在战场上跑起来都不利索了，有时候还会气喘，这样垂垂老矣，怕是战不久了！万一遇到拼刺刀，我这样的人就是拖后腿的那个啊!"陈长官几年前的威风凛凛消散了大半,整个人都变得颓废了起来。

"你是指挥官,拼刺刀根本轮不到你!所以,这点不必担心。"秦副官道。

"对啊!如果你真担心自己会无力战沙场,那就申请到地方医院来吧。这里也算是为抗日救亡服务,只是选择的平台不同,但结果和目的都是一致的!"刘玉坤接着说道。

"军人的天职在前线,回到后方苟且偷生像什么话?如果当初真要苟活于世,我就不央求着芮老先生将我这腿医好了,任由发展下去,最多截肢,那样就可以安度晚年了吧?可是那哪里是我老陈想要的呢?军人的天职就是杀敌,这个原则永远不会变!"陈长官红着眼睛道。

进驻川军之后,陈德先更关注国军空军的实力。毕竟国恨家仇,很多方面都和日军的空中轰炸有关,所以相关的消息,都是他第一关注的要点。

1941年3月14日,日军获悉国军空军换装新型伊-153战斗机后,派出12航空队的12架零式战斗机从宜昌出发,护航10架97航攻(B5N1)水平轰炸机再次前来成都寻战。国军想试验一下被寄予厚望的苏制新机战力,5大队遂奉命会同3大队28中队共出动31架伊-153出战,迎击敌机,与零式12架零式战斗机在双流机场附近相遇,随即展开激烈空战。

"起初,我挟以逸待劳之势在高空待战,占据了高度优势。敌机初到,正全力向地面双流机场搜寻我停留的飞机,未及注意我机群奇袭,因此一开始我占据了主动。但是,在随即的战斗中,由于敌零式战斗机的格斗性能良好,水平盘旋半径、爬升率和最大速度等性能都远在我伊-153之上,因此,日本零式战斗机居然很快从遭奇袭、高度低、被咬尾的一系列不利局面中摆脱出来，利用其远胜于我的机动性反超。混战中，敌击落我机多架。在这场空战中，国军空军被击落 8 架伊-153，连带迫降损失共计 16 架。至此，空军主力飞行员 85% 以上已经损失。"

陈德先看到了这里，不禁扼腕叹息，国军的飞行大队还是太缺乏策略了。

这事儿很快从圈内传到了圈外。

西南联合医院内的医务人员对国军空军的巨大损失不忍直视，怎么说呢，那些英俊又果敢的空军飞行员，前几日还在这里体检过，这才没有几日就为国捐躯了，想想都不敢置信啊。

甚至还有几个护士姐姐，听到这个消息后，忍不住一个劲儿地抹眼泪。

"太差了！空军！我要去空军！"陈德先叫嚣出来的时候，队伍中的战友都以为他脑袋坏了。

"去你个锤子，连个按钮都不知道在哪里按，你晓得飞机怎么上天？又不是鸡毛鸭毛鹅毛的，吹口气就飘起来了！哪怕不吹气，风来了，也可以卷上天！但飞机不容易啊，吹不好，就栽跟头了！人死了事小，一架飞机多贵啊！就像咱们蓉城的首富朱瑾，也不过才捐了两架飞机。"战友中的反对声浪甚嚣尘上。

陈德先听到朱瑾两个字，不由地浑身一震。

下意识地攥起拳头，咬紧了牙关，暗暗叹道，就算是不能飞上天空与鬼子的空军一决高下，也要扛起枪杀敌为朱瑾报仇！

国恨家仇！国仇家恨！

激愤的情绪一直左右着陈德先，好几个晚上他都是彻夜难眠，为此精神状态很是不好。他还因此特地去医院找过刘玉坤，看是否可以帮他开点安眠药。刘玉坤笑着说，说起安眠药，那个倒是用处不大，最有效的方式是方便的时候去看看儿子吧，那种温馨的感觉，或许可以平复你躁狂的内心，温暖凄冷的血液。

听到刘玉坤的建议，陈德先还真是依言这么做了。

初起，他并没感觉到明显改善。但两次之后，他赫然发现，自己的整个烦躁情绪都会因为小朋友的亲昵与灵气而被治愈，为此他开始对刘玉坤的说法深信不疑。同时，深感自己一定要好好活着，为了可以有更多的时间陪伴儿子，也要拼尽全力将鬼子赶出中国，为下一代迎来更多的祥和与安定。

　　1941 年 7 月 27 日，日机对成都的轰炸达到抗战以来的最高点。

　　当日，日军分别从运城机场和汉口机场共起飞 108 架飞机，分 4 批，每批 27 架，对成都进行连续轰炸。被炸区域主要为调堂街、少城公园、盐市口、春熙路一带，中弹街道达 82 条。日机共投弹 358 枚，炸死 575 人，炸伤 632 人，毁坏房屋 3585 间。这是自抗战以来，成都遭敌机轰炸损失最严重的一次。

　　与此同时，日军借助轰炸的掩护，从地面对成都发起巨大的攻势。

既然飞起来的愿望不是一天两天能够实现的，那就扛着肩上的枪，与敌人来个你死我活。陈德先热血燃烧一般地冲锋陷阵，很多年轻的士官都不见得有这种大无畏的果敢精神。即便如此，陈长官还是感觉无法解心头之恨。

粗略地算了一下，单单是他陈德先击毙的鬼子差不多有一个班了。相比较起因为他而蒙难的亲友英灵们也算是赚回了几分本钱。每每听到他这么说，刘玉坤总不免在他面前念着阿弥陀佛。而秦副官则摇头叹道："前阵子你不是念叨自己的体力不行了吗，不能和年轻人比了吗？我看啊，你那杀敌的劲头，可比年轻人都要勇猛得多呢！"

"那可不是吗？我发现玉坤说得非常对，自从回去看看儿子后，心情就好多了。吃嘛嘛香，睡嘛嘛香，喝嘛嘛香，反正精力都回归了。所以再次面对鬼子兵的时候，就杀红了眼睛！根本就不给他留下活口。"陈长官言辞凿凿地叹道。

"我晓得你的，你那个爆头的枪法堪称一绝。江浙蛰伏的那段时间你忘啦？黑衣人和小婊子都让你给爆了！"秦副官忍不住提起了往事道。

"丑事莫提啊，误杀误杀，我念阿弥陀佛，阿弥陀佛。"陈长官顿时双掌合十，一副虔诚无比的样子。

"误杀也是杀，丑事也是本事，没有那么些杀伐果断去练胆，怎么去战场呢？所以，千万别再自责了，过去的事情就让他过去吧。将功赎罪，奋勇杀敌，便好了！"秦副官也学着陈长官的模样双掌作合十状地感叹道。

"你呀别学我，你看人家玉坤，天生就是大善人，学什么像什么，根本不用去装，我装也是装不像。对了，我来医院干什么来着呢？瞧我这破脑袋，想了半天还是想不出来！哦，想起来了啊，就是我这腿啊！这腿好像又出了些问题，玉坤，等你闲下来的时候帮我瞧瞧啊！"陈长官下意识地掀起了裤脚，望着伤痕累累的腿笑叹道。

"您的这个腿呀，我玉坤可是外行！大师是芮老啊！难道陈大长官忘了吗？"

刘玉坤不禁朝陈德先挤眉弄眼地调侃着。

见到刘玉坤这么说，陈长官并没有生气，而是感觉这么许久以来刘玉坤的成长可不是一点半点。当然，虽说刘玉坤嘴巴里开玩笑，但他还是凑了上去，仔细察看陈长官腿上的伤情。检查了半天之后，刘玉坤做出了一个结论："好理由啊！"

"你小子故弄玄虚什么呀！有什么你就直说呗！"陈长官微眯着眼睛，朝刘玉坤瞪了一眼。

"我已经告诉陈大长官了呀，天下哪里那么多好理由，你就这么巧的迎来了啊。好好把握，这次真不能冒险了！"刘玉坤一脸神秘地凑近了他的脸颊边说。

"你小子！别逼我发火呀！"陈德先的火爆脾气不点就着，此刻怒目圆睁着，眉毛都要竖了起来。

"既然陈长官装傻，又如此虔诚地想知道答案，那我就告诉你吧。"刘玉坤继续笑道。

说完之后，凑近了他的耳边低声耳语了两句。

才说了一半，陈长官立即摆了摆手推开了刘玉坤道："玉坤啊，这个可不行！不行啊！前面都说好了的，我要去前线杀敌赎罪呢。你支的可都是些什么损招呀?！这不是明摆着让我临阵脱逃，做最令人不齿的逃兵吗?"

"这个真不算逃兵，以你这个腿现在的表现，不宜上战场，需要休整调养。杀敌也不在这一次，待完全恢复再战也不迟。"刘玉坤又仔细辨别了一番，生怕前面看得不够详尽而漏掉了什么，再三审视之后，得出了不变的结论。

"你就诳我吧，我怎么就不能上战场了！这明摆着是让我备受煎熬的心不得安宁！我要赎罪，我要杀敌！"陈长官的倔劲儿上来，可是十头牛都拉不回来。

刘玉坤实在不知如何说服他才好了，又特地搬来秦副官来开解他。

没想到才说了不过两句，陈长官便不耐烦地回击道："你们的思想太落后了，一个人劝我做逃兵就算了，两个都劝我做逃兵，你们这不是阻止我进步嘛！不不不，这个战场我是上定了，谁也拦不了。"

刘玉坤私下与秦副官商量，最好能够阻止陈德先的一意孤行。他这次不比从前，必须要休息一下才可以，不然凶多吉少。

"老哥啊，实话说你这次真的要休息一阵子了。玉坤已经良苦用心地和我说过好几回了，你怎么这么倔，不听劝呢?"秦副官满面苦恼，实在是无计可施，没有了他法。

"要休息多久？说个数字，我听听。"陈德先也开始隐隐地感动了起来，语气明显舒缓了不少。

"玉坤跟我说了,最少三个月!不能再少了!再少丝毫没有用处。"秦副官直截了当地说。

"我的个天,这不是开玩笑吗?三个月!不行!三个月枪都生锈了,哪里能等那么久?!"陈德先顿时摇头否决。

"陈长官,既然我们两个的话,你都感觉不权威,那咱们请芮老看看。当初你的腿可是芮老的看家绝活治好的。如果没有他,你还嚷着要截肢呢,你不会都忘了这回事了吧?"刘玉坤还是将最后一张底牌亮了出来。

见到刘玉坤这么提议,秦副官也立即表示了赞同。

"是啊,既然你觉得我们俩是胡扯,那就请芮老把关吧!你放心,芮老最近一直不在成都,这一刻还没回来呢,所以你不必担心我们有机会与他串通。当然,听说今天就回来,所以你运气真是好到家了!"秦副官道。

"哈啊,运气好到家了,嘿,这话我爱听。"陈德先的脸上立即漾起了宛若孩童般的笑意。他好久没有这样的笑容了,这似乎是念起恩人的虔诚笑意,感激笑意,源自内心深处油然而生的笑意。

"还要等一会儿吧,不急不急。刚才周孝先特地带了些金陵特产过来,要不要趁着芮老还没到,一起尝尝?"刘玉坤笑道。

"周孝先?你小子可真是交际花啊,怎么什么人你都认识呀?!不过周孝先倒是人如其名,出奇的孝顺,难得的大好人,难得的好兄弟!对了,金陵那些特产啊,新四军那会儿,我在江浙一带驻扎时,可都差不多吃腻啦,你们俩分享就好了!还有啊,我怕吃胖了,到了战场跑不动。"陈德先撇撇嘴笑道。

"你这嘴可真会说,怪不得那么几个姨太太都被你骗得团团转。"秦副官忍不住叹道。可是话才出口,他忽然感觉有些不妥,想收回,这一刻也来不及了。

刘玉坤不停地朝秦副官挤眉弄眼,似乎也在提醒他不要口无遮拦。

他们两个也从陈长官顷刻僵硬的微表情上看出他内心深处的情

绪波动。虽说他一段时间里对大太太和二姨太颇有微词，但念起那因他而冤死的事故，内心深处尽是一阵波涛汹涌，自责与愤恨更是久久难平。

秦副官也晓得自己闯了祸，但一时半会也没有更好的解围方法，他将目光从气势汹汹的陈长官身上避开，落到了可能为他救场的刘玉坤身上。

果然，应变能力极强的刘玉坤找到了最优方案。

"呦呵，芮老就到了，咱们过去吧！要抢在其他人之前请芮老看啊，这个时候芮老的状态最好，看得也是最准。"刘玉坤顿时就为秦副官解了围。

"不管你们怎么瞎扯，反正我是誓死不做逃兵，誓死不做逃兵。国破山河在，家仇旧恨新……"陈长官喋喋不休道。

"呦呵，陈长官厉害啊，还作起诗来了。"周孝先不知何时也赶了过来，见到陈德先嘀咕着，不免调侃着笑道。

"你呀，少来打岔。等芮老看完，我再搭理你。"陈德先摆了摆手叹道。

"我管你想不想搭理我呢，反正我就想搭理你，怎么地？"周孝先一脸揶揄的模样笑着道。陈德先见他这样，也只好没辙地摇着头。

刘玉坤领路，将陈长官带到了芮老这边。

秦副官和周孝先也一同跟随着走了过来。

虽说芮老已经八十高龄，但耳不聋眼不花的样子着实令人赞叹。

陈德先坐在他跟前还没开口，没想到芮老一下子便记起了几年前的事，拍了拍他的肩膀笑道："这次是来干吗的呀？我记得呀，当年整个成都的芙蓉花都给你采完了吧？"

"整个成都的芙蓉花？芮老，有那么夸张？"陈德先顿时抓着后脑勺，惊愕了半天不知如何作答。

"真的没说错啊。后来又有几个成都当地的病患找我，也是和你差不多的问题。等他们去采芙蓉花的时候，已经完全没了。要知道野生的芙蓉树就那么几棵，被张三采摘了，李四就没机会了。万一被李四采摘了，王二就没机会了，基本就是这个道理。"芮老一脸认真地说道。

闻言，陈德先刹那间感动到不能自已。如此说来，刘玉坤当年是吃尽了苦头，用尽了心力啊！怪不得芮老逢人便说他靠谱，看来说他靠谱都是最低的评价。他的用心程度又何止只是靠谱呢？简直就是完美至极！

刹那间，陈德先紧紧地拥抱刘玉坤，用力地捏着他的肩膀，眼圈内的泪水在不停地打着转，他却强忍着不让它们坠落下来。

他怕丢脸，大男人，有泪不轻弹。

但此刻，他真的要抑制不住了。

哗啦。

泪水终于没有忍住，决堤而出。

他似乎也顾及不得一贯的硬汉形象，嘴唇扯上丝丝无奈的笑意道："我啊，曾经以为抹眼泪都是女人的事情，没想到有一天我也会这样。虽然我不是女人，但这一刻我真的不知如何去感谢了。"

"有些东西是没法感谢的！要知道市场上也是有芙蓉花的，但多数都是人工培植的。效果比野生的来说，少了可不是一点半点，甚至最后根本达不到效果。你想想看啊，你的伤口愈合那么神速是为什么呢？整个成都城的野生芙蓉花全被你陈长官拿下了！哈哈哈，你不痊愈得快，谁痊愈得快呢?!"芮老先生绘声绘色地说着。一方面是赞叹陈德先的顽强再生能力，另一方面是赞叹刘玉坤非同一般的毅力。

"当然了，还有一个问题，之前芮老说过的，还必须在一定的温度湿度等严苛的条件下，提取出有机的丝状物才有效果，不管哪一个环节上出现了偏差，效果一定会大打折扣。如果这么算的话，你的腿伤初次痊愈，一来是有赖于自己强大的愈合能力，二来是刘玉坤采摘的精益求精，三是制备过程中的细致入微，四是你的积极配合，五则是天意了。"秦副官若有所思地感叹着。

"别说了呀，都被你们夸得不好意思了！"刘玉坤摆摆手，用力地摇头叹道。

"这是你应该得到的肯定，和夸字没关系，根本就没夸你，就是实事求是，仅此而已。"芮老微微颔首，接着朝他看了一眼。此刻只见刘玉坤的脸上泛起一层酡红，看来真是脸皮薄，不好意思了呢！

"这些都是九牛一毛吧。"不知何时，戚院长也从门外走了过来。大约也是听到了这边的议论声，笑吟吟地说道。

"啥九牛一毛呢？戚院长快点说说看呗！"芮老先生宛若孩童般好奇地问道。

"这些呀，对刘玉坤来说实在是微不足道的冰山一角。他现在开创的中西医结合技术，填补了这个领域的空白，如果真要上纲上线一点说的话，说他是这个专业的开山鼻祖也丝毫不夸张，实在是厉害呢，我都服气他！"戚院长微微点头，笑容可掬地说道。

"开山鼻祖？这么厉害?!"大多数时间倾听，几乎没有说话的周孝先也不由得惊讶道。

"这又有什么呢，刘玉坤创造的专利多着呢，要是在外国，他靠着专利早就发财了。可是他不一样啊，全是在为大家谋福祉。所以这样踏实、这样优秀的年轻人真是不多了呢。"戚院长的评价也是那样的炙热中肯。

陈德先下意识地想了想刚才刘玉坤给他说的时间点。按照他这说法，芮老是刚刚才风尘仆仆地赶回来，而且他也是全程跟着，完全没有串通的机会。眼下每个人都把刘玉坤夸得一朵花，现在倒是要验证一下他到底有多么厉害?!

陈长官想到这里，便连忙掀起了裤脚，对着芮老先生道："芮老，我就不拐弯抹角了，这次来这里，还要请您老帮我看看这腿。自从腿伤好了之后，我就上了战场，和鬼子也交手了不少次，您大概也能想到，都是那个你死我活的劲儿，这腿跟着我可算是受罪了！"

芮老闻言，并不说话，抬手轻轻地触碰了一下。

过了好半天，在众目睽睽之下，他惜字如金地道出了八个字：

"要休息，至少三个月。"

"什么？三个月？您老确定?!"陈长官简直不敢相信自己的耳朵，芮老这话可是与此前刘玉坤的说法如出一辙呢。

"确定。"芮老继续惜字如金。

"如果不休息呢？最坏的结果会是怎样？"陈长官感叹道。

"最坏的结果？一般人还好，但你要上战场，这个最坏的结果，是要命的！"芮老见他一脸无所谓的样子，脸上顿时浮上了丝丝愁云地感叹着，也忽然多说了几句。只是字字语重心长，足可见他对将士的关心。

"那，我不上战场，怎么去杀敌！我……"陈长官有些激动。

"三个月以后也是可以的嘛！杀敌也不是一天两天，日本鬼子一天不走，你有的是机会和他们较量。"芮老叹道。

"国恨家仇的，我可能等不了那么久。"陈长官继续倔强着试探。

"你不去，又不少你一个！你去了，也不多你一个！你怎么没听明白呢？这不是关系别的事，是关系脑袋的事。你想清楚，我说的就这么多。如果你要问治疗的话，我告诉你，这次只需要休息就好了，正常营养，每天多晒晒太阳，三个月后继续生龙活虎。"芮老说完之后，便再也不愿意讲话了。

"陈兄，你真想好了吗？你可一定要想清楚啊！如果只是刘玉坤说，你不信也就算了。可是眼下连接骨泰斗芮老都这么说了，我们不得不重视啊。"周孝先抓着陈长官的手，那是一句一个规劝。

"当然想好了，这个是不容更改的事！再说了，医生的话嘛听听就好，不能全信。医生多半都会虚一些，说得严重一些，好让你去重视。可是眼下非常时期，小日本嚣张得很，咱们不打几个漂亮仗来杀杀他们的威风，他们还真是把尾巴翘上天了。"陈德先一脸的平静，似乎根本就没把腿的事放在心上，但一提到鬼子，原本平和的双眸立时升腾起火焰般的仇恨光芒。

"好吧，陈兄如此决然，我也不好说什么了。如果偏要拉上别人去送死，肯定算不得人道。不过，我愿追随陈兄一起烽火与共，出生入死。"周孝先意志坚定地说道。

见到他这么说，原本还深沉坚定的陈德先顿时一惊，痴怔地凝视了他半天之后，忍不住蹙眉叹道："你想好了？可不许胡来啊！你和我不一样！我是背负着赎罪的债、家国的仇，只有奋力拼杀，才能抚慰自己。"

"不想你孤身逆行，我要与你并肩奋战！"周孝先掷地有声地说道。

刹那间，陈德先感动到不能自已，伸出拳头捶在周孝先的胸口上道："小子，行啊！胆子够肥！不怕死啊！"

"怕死不是共产党员！"周孝先不假思索道。

"哈哈，你这口号喊得可以，都深入骨髓了，随口就来，都不带打顿儿的！"陈德先竖着大拇指说道。

"还不都是跟着陈哥学的么？"周孝先笑道。

"别，我国军，你共军。我吃喝嫖赌抽五毒俱全，你不近女色烟酒不沾，你要学啥呢？你能那么说我已经很惊喜了，真不能让你去送死，你还是留在后方得了。"陈德先摇头叹息道。

"大丈夫一言既出驷马难追，怎么能出尔反尔呢？"周孝先道。

"这个你别太较真，为了保命出尔反尔也正常，好好地活着不好吗？谁脑袋想挨枪子儿呢？"陈德先继续劝说道。

两个大男人关于这个问题讨论了许久，还是没有定下来，其实早已定了下来，那就是陈德先铁定了心要去前线，同时阻止周孝先随同，而周孝先执意要陪着陈出生入死。

8月11日，敌机又借着月色两次夜袭成都。

晨5时10分，1架敌侦察机、9架战斗机、7架轰炸机侵入成都市区，并低空攻击太平寺、凤凰山机场。当敌机转至温江、双流机场扫射时，在温江附近与我无名大队第29中队的4架飞机和第4大队的1架飞机遭遇，发生空战。国军空军击落敌机1架，而自己损失惨重，被击落4架。

多名副队长分队长不幸被击落阵亡。

国军机场上也有 7 架飞机被炸毁。

8 月 31 日，27 架敌机空袭成都。

"小鬼子的飞机太猖狂了，咱不会飞行真是没办法，只能地面作战去释仇解恨了。"陈长官看完报纸，恨得咬牙切齿，却着实没有什么好办法。

就在他踌躇不已的时候，在成都城郊发生了一场战斗，陈德先率部亲自前往，本以为敌人不过尔耳，依照此前骁勇善战的底子，轻易便可拿下。岂料有些失算，鬼子的兵力是预想的三倍。陈长官艰难固守的同时，也在积极地请求后方支援。

到了这个时候，国军很多人都是明哲保身，各个纵队多是在保存各自的实力。关系不铁得到位，是不太可能有谁中途去支援的。哪怕是最高长官去协调，也多半是"现官不如现管"，到头来还是地方协调解决。

眼下请求增援未果，陈长官领导的纵队与鬼子的兵力悬殊太大，即便是在如此情况下，陈德先还是一次次击退穷凶极恶的鬼子兵。他那拿手的驳壳枪爆头，是一爆一个准，实在是精彩绝伦。只是倒霉的是，鬼子不仅没有退缩的意思，还在不断增兵。陈德先这里呢，不仅没有增援，弹药也是越来越少。

最终打到了弹尽粮绝，后方援军还是遥遥无期。

纵队的队员死伤严重，最后只剩下了陈德先和周孝先两个人。

"他妈的，这是老天要亡我啊！"陈德先仰天长叹，抽出了刺刀，怒吼着。

"陈哥，没有子弹了！是要和鬼子拼刺刀了吗?"周孝先急切地喊。

"拼啊！你怕死吗?"陈德先转头沉声问。

"怕啥啊，怕死不是共产党员！"周孝先继续斩钉截铁地说道。

陈德先刹那红了眼圈，嘴巴里骂骂咧咧着："果然还是共产党不怕死，你瞧那么些国军，说好的增援，妈的！到现在还拖拉着，明显是等着我送死！

陈德先骂完之后，扬起了刺刀，直接跳出了战壕，冲杀了上去。

噗！

一个猛烈的俯冲砍杀，冲在最前面的鬼子兵顿时被他戳穿心脏。

接着一个斜四十五度横挑，高高举起用力一掷，鬼子兵的尸体像是炸弹一样砸向了后方的鬼子兵。

嘭嘭！

几声闷响之后，几个鬼子手中的刀枪都被砸掉了。

"漂亮！"周孝先忍不住暗叹了一声。

"漂亮个锤子，打不过咱就跑！妈的，这次上了国军增援的当了！"陈德先郁闷地哀叹。

说时迟那时快，他趁势直接冲上去，一顿热血沸腾地刺杀。

周孝先也如法炮制，两个人并肩一路拼杀，杀得鬼子节节败退。

气势如虹，杀伐果断，两个人竟然都抢到了鬼子的冲锋枪。

有了枪，自然就要有底气多了。

两个人立即将自己隐藏在战壕里，抬头的刹那，一枪撂倒一个鬼子。

如此此起彼伏地并肩战斗，将气势汹汹的鬼子消灭得差不多了。

陈德先和周孝先终于松了一口气。

本想着可以杀出血路，捡回一条命回去和"增援"的国军算账。

岂料，此时鬼子黑压压的增援部队赶到。

陈德先大叫一声不好，便与周孝先商量着如何撤退。

周孝先回忆起战场上的场面，又是一阵热泪横流。

他对着刘玉坤和秦副官叹道："陈长官最后悔的，就是当初没有听玉坤医生和芮老的话，他那个腿，一到了战场就算是废了。当然即便如此，我们也不该死。答应的援军，直到最后一刻都没有赶到，若不是我们以退为进，怕我也是要被鬼子最终射杀了。"

"老陈把防弹衣留给你了？"秦副官凝视着周孝先道。

"他说他也有，让我穿上。"周孝先说着又是一阵泪水。

"然后呢?"刘玉坤道。

"然后我发现根本就不是这样。我中了子弹没事，他中了子弹就直接倒下了，而且他那烂腿根本就跑不动，他以前腿好的时候，爆发速度几乎是我两倍……"周孝先哀叹道。

"老陈这辈子不论好好坏坏是是非非，优点还是缺点，单凭这成都城郊一役，一人杀鬼子近百人，狠狠地报了一番家国之仇，同时也有效遏制了鬼子主力部队到达城区的时间，为国军后续部队迎战争取了大量的时间。还有，老陈为了保护像我这样的战友，最终不幸为国捐躯! 在抗战这个问题上，他是不折不扣的民族英雄! 他是川军的骄傲!"

"对了，老陈还有什么遗言吗?"秦副官叹息道。

"有! 大概话是这样的。'抗战到底，始终不渝，即敌军一日不退出国境，川军则一日誓不还乡!'他让我把这句誓言带给组织。"周孝先泪湿眼眶道。

"除此之外呢? 还有啥?"刘玉坤接着问。

"还有，就是陈家大院曾经有个黑衣人事件，那个人是他本人。他说自己不该疑神疑鬼，误解了那么多人，也害了那多人，他很后悔。"周孝先扼腕叹息道。

"哇哦! 原来侦查了这么久，堡垒从内部攻破了! 老陈隐藏得够深啊，眼花缭乱得让人分不出是谁。如果他自己不破解，我至今都猜不出是谁呢!"刘玉坤惊愕地叹道。

"还有吗?"秦副官凝视着表情痛苦的周孝先。

"朱倩是谁? 秦逸是谁? ……他说若有可能，让他们相互照顾一下。"周孝先泪奔道。

秦副官刹那泪目，他并没有主动承认自己就是那个秦逸，也没有解释朱倩是老陈的三姨太。只是缓缓地起身，抓着窗棂，望着窗外碧绿植被中火红的花束，什么话都没有说。

"还有吗?"刘玉坤问道。

"还有，让我感谢你和芮老，让你好好关照朱南溪，她还有一个姐姐叫朱香兰，这几天应该会来陈家，到时候可能要有劳你了。"周孝先努力地回想着。

"这老陈的生命力够顽强啊，一下子交代了这么多后事！"戚院长不知何时走了过来，或许对于今天的噩耗结果早有预知，如果陈德先不是这么不听规劝、一意孤行，也不会如此快地命丧九泉。

"没其他了。他是交代全了才咽气，看来应该是人生无憾了。"周孝先长吁短叹道。

"无憾就好。每个人都要走到这一步，只是有的人早点儿，有的人晚点儿，仅此而已。"戚院长不无哲理地叹道。

说完，戚院长便折转了身子，轻抚衣袖擦了擦眼角的泪水。

实话说，当年陈长官和戚院长的交情不浅。

多年老友，如此阴阳相隔，岂能不离愁别绪，悲戚感怀。

且别看戚院长在众人面前说得轻松，回到了无人的办公室，戚院长竟也号啕大哭了起来。

至于与他有过两面之缘的芮老，则一边拂袖擦拭滴落的泪珠，一边神色严谨地为他超度。

门口的安保大爷还有阿姨，则点燃了香烟，放了鞭炮，为陈长官送行。

三姨太听闻夫君战亡沙场，顷刻涕泪满面，并与幼子虔诚跪拜。

刘玉坤回到无人角落，任由泪水无声流淌，半边夏季白褂全部湿透。

秦副官回到了军车上，拧开了一瓶伏特加，半瓶倒在了地上，念念有词。

还剩下的半瓶，泪流满面地一个人喝完。

官兵们听闻陈长官阵亡在成都城郊，并排肃立，脱帽，鸣枪，高呼遗训三声。

"抗战到底，始终不渝！即敌军一日不退出国境，川军则一日誓不还乡！"

"抗战到底，始终不渝！即敌军一日不退出国境，川军则一日誓不还乡！"

"抗战到底，始终不渝！即敌军一日不退出国境，川军则一日誓不还乡！"

高呼完毕，大家侧头抹泪，不能自抑。

这一幕幕，却是意想不到的局面。

比陈长官官职大的大有人在，比陈长官有钱的也是大把，比陈长官人品硬的更是多得是，但在他牺牲的消息传来时，所有熟悉他的人，都自发为他送行。

答应增援的各部队之间，也上演着一幕"甩锅"大戏，最终这锅还是被踢到了领头的副纵队长身上。所有的怨声载道袭来，为力证自己不为苟且偷生，其当众饮弹自尽。随之，整个纵队的士官也学着副总队长一样，举枪饮弹。这气节，在国军史上还真不多见。

陈长官战亡十二小时后，抚恤的军饷便送到了陈家。

这里不仅有国军，还有八路也都纷纷送来了资助。

自从二哥被撕票了之后，三姨太的给养就十分不足了，眼下送来的不菲抚恤金，可谓是及时甘霖，不乱花的话，起码也可以应付开销至少十年八年了。

三姨太哭得成个泪人儿。

孤儿寡母，楚楚可怜的样子，令人痛心不已。

三姨太将细软银两分别放在了三处地方，生怕露了财而遭遇灾祸。

哪怕是遇到劫匪，断臂保命般地交出一份，也起码还有两份。

自从二哥命殒之后，他的养女朱香兰也要被送过来寄养，幸好有了这些抚恤金，不然吃饭都成了问题。

刘玉坤还是像个管家一样地照料着陈家，只是他从医院领取的薪水真是少得可怜，所以也帮不了陈家太多的忙。虽说戚院长讲起他的医术多么高明，专利多么耀眼，但在战争时期，这些转化成银子的可能性并不是很大，所以很长一段时间内还需要过着相对清贫的生活。

三姨太的夫君战死沙场，各方抚恤的消息不胫而走。

一些铤而走险的家伙，开始蠢蠢欲动。

他们费了一番周折之后，总算是摸到了陈家。

只是平日里三姨太深居简出，他们很难有下手的机会。

这时不知从哪里来了一股神秘的力量，他们不是要钱，而是索命。只要能够结束陈家香火，以命抵命，将会加倍给予酬劳。

成都城区一处别墅内。

"太过分了！不过一个小小的纵队长，死了就死了，动静搞得那么大！"

"这事惊动了上层，而且还让援军不堪压力，集体饮弹自杀，这个太恶毒了！"

"必须一命抵一命！最好能够空前绝后。"

"好！这个计划就叫'空前绝后计划'！事成之后，酬劳不会少。"

"一个纵队的人都饮弹自尽了，这个代价太大了，而且我儿子马上就要结婚了！"

"令郎也是冲动，怎么不可以找个理由逃出来呢？"

"说千道万，都已经来不及了！逝者已逝，生者已矣。当下必须让对方付出代价。"

"什么时候下手比较好呢？"

"当然是越快越好了！最好是这两天，免得夜长梦多。"

"什么途径实现？"

"最近不是很多人去送抚恤金吗？你们不是有军装吗？照着来一遍就可以。"

陈德先还活着的时候，三姨太与他之间似乎并没有多少感情。

他们之间的缘分，源于二哥与他的交易。换句话说，他们之间的爱情就是一场交易。

她朱倩不过是其中的一个交易工具，一个缔结亲密关系和纽带的筹码，仅此而已。

可是随着了解的深入，她感觉陈德先虽然年龄大，但性格却不错，起码不会对自己横加限制，虽说浪漫甜蜜的日子并不多，但多少还算过活得安稳。她做梦也想不到自己还会与他有孩子，毕竟大太太、二姨太与他结婚了那么多年，都是腹中空空。

孩子虽说只有两岁，但却集中了她与陈德先的所有优点，可谓是幸运之至。

这一点她是越来越满意，甚至很多时候，在孩子睡熟的时候，她都会仔细端详他那清秀俊朗的小脸儿。虽然年龄尚幼，但眉目清秀，机灵聪慧，未来会是个小少帅吧！

现在有了些银两，她开始筹划待小朋友再大一点的时候，要不要提前给他请个私塾先生，毕竟有文化的人，未来的路数也会宽泛很多，免得走上社会后没有安全感和立足之地。

正思忖之间，陈家大院的院落大门被人敲响了。

闻声，朱南溪快步从房间内跑出来，问姑姑会是谁呢？

待她俩一起出来看，原来是一个黄包车爷爷送来的小姐姐。

记得很长一段时间之前，朱南溪在爸爸那里见过她，据说比她长一岁，叫朱香兰。

朱香兰性格偏内向，不爱说话，但这也并不妨碍她的恬静可爱。

"香兰姐姐好。"朱南溪嘴巴甜着呢，见面就打招呼。

三姨太朱倩见状，也招呼她进房间里。

虽说与朱香兰的交集并不多，甚至也没见过几面，但看在二哥以前接济的份上，给他这个养女与朱南溪同等对待，那将是一份责任、一种修养。

还没等她们落座，就听到房间内传来一阵男婴的啼哭声。

朱倩赶忙奔进房间去看儿子，小家伙大约是饿醒了，她喂了一会儿奶之后，果然是不再哭闹了。

大约是感觉今天天气尚好，所以喂完奶的三姨太朱倩便领着儿子到庭院晒太阳。

不一会儿，房门又是一阵响动。

这几天，轮番有人送抚恤金过来，所以她也不知道对方是什么人。不过大白天的，她应该可以辨别，沉吟了半天之后，她还是走出了门。

隔着门缝瞧见是几个身着军装，自称来送抚恤金的国军士官。

三姨太朱倩并没有多少戒心地打开了门。

就在她开门的瞬间，几个军装男子顿时就将她困住了，吓得两个女孩面如土色。三姨太朱倩被对方直接一拳头打晕，随后手中牵着的孩童便被掠走了。

按照雇主原先的想法，是直接处死。

后来改了想法，那样太容易引起公愤，还是掠过来藏匿变卖或者虐待都可以。

孩子不知死活的状态，才会让他的家人下半生都不得安宁，比直接处死的后续效果好太多了。

当几个黑衣男将孩童交到雇主手里时，雇主原本打算虐待一下的心顿时就烟消云散了。

这孩童虽然只有两岁左右，却生得眉清目秀。

抱在怀里竟然也不哭不闹，原本打算掐在脖子上弄死他的想法，也顿时偃旗息鼓了。

几个黑衣男每人拎一个黑色钱袋便离开了。

房间里，只剩下了雇主和这个被掠来的仇家儿子。

他望着墙壁上儿子的遗像，还有儿子幼时的照片。

发现眼前这孩童和幼年的儿子竟然有几分神似，好几次想掐下去的手，都停住了。

关键是，当他双手凑近孩子脖子准备用力下去的瞬间，这小精灵竟然朝他甜甜地笑。

这笑让他感觉像是天使，扼杀灵性天使会灾殃不断的吧？

"妈的！本想为儿子报仇，掠来仇家儿子活祭。没想到这小子笑起来竟然像个小祖宗，哪里下得了手！妈的，我这命这么苦呢，好不容易把个祖宗养这么大，他却和一帮傻缺一样没脑子的饮弹！命没了！眼下又来了个小祖宗，我是养？还是不养呢？真是愁煞个人！"雇主抓着没有几根头发的头皮，整个愁煞了起来。

"院长！少爷的葬礼还要请上级军官吗？"

"请个屁！不是跟着那帮愣头青，我儿子也不会死！"

"那……请谁？"

"谁也不请！全体市民观摩就好。"

"这样会不会太高调？"

"我那个马上要结婚的儿子死了，也算为党国捐躯！婚礼葬礼一起办不行吗？"

"行！少爷优秀。"

"滚！"

"院长，那个讨债的在哭，怎么办？"

"叫小少爷。"

"小，小少爷？"

原华东首富兼行政院院长正与管家沟通着儿子葬礼的事宜。

原本打算把仇家的儿子扔在家里，让他自生自灭。

结果还是抵不过他的可爱。

特别是那天真纯美的笑容，容不得你对他半点含糊。

管家实在是无法相信，平日里喝杯牛奶都需要给他插好吸管的院长大人，此刻竟然主动去奶娃，而且还特地在掌心试了试温度，感觉适宜，才轻柔地将奶嘴凑近了孩童的唇边。见到小家伙吃得欢畅，这院长竟然激动得眼泪在眼圈内打转。这架势，仿佛遗像上是别人家的儿子，眼下正被他喂着奶的才是他亲儿子似的。

三姨太朱倩自从失去了小凯之后，几乎是疯了一般地满世界寻找。

为此她还不免迁怒着那个与劫匪前后脚赶到的二哥养女朱香兰，感觉她就是个扫把星，才进陈家就发生了这么窝心的事情。

秦副官第一时间出现在了朱倩的面前，早已吓得六神无主的三姨太朱倩求秦副官帮着想想办法。秦副官毕竟是一直在场面上混着的人，自然多少听过关于饮弹自杀的事情，还有就是行政院院长给儿子葬礼婚礼二合一的事。

抱着看热闹的心理，他将三姨太朱倩一起带着去观摩这场葬礼。

当看到行政院院长亲自喂着一个貌似小凯的孩童时，三姨太朱倩立刻就要冲上去。

那一刻，她被秦副官拦住了。

"这就是缘分，我相信缘分。"秦副官道。

"为什么？我要曝光他，让他在大庭广众之下无法遁形。"朱倩气哼哼道。

"以卵击石的事情还是不要去做，否则可能连性命都保不住。"秦副官道。

"那，那要我怎么办？那个可是我的儿子啊！"朱倩急道。

"对！是你的儿子不假。但未来你能给予他什么呢？"秦副官道。

"这个……"朱倩愁容满面道。

"如果我没猜错的话，小凯被抢过去是要被弄死的！眼下已经过去了四十八个小时，可以说纠结期早已过了。这一刻，他俨然成了小凯的奴隶，难道你没看出来吗？娃奴呀！"秦副官笑道。

"那又怎样？小凯是我儿子，我要抢回来！不管花多大的代价！"朱倩蹙眉道。

"那样的话，可能你的命，以及小凯的命都会难以保全。"秦副官警告道。

"我，我怎么办呐？"朱倩无奈道。

"小凯就是他的克星。这个人前不可一世的老家伙，你看在小凯这里就招架不住了，简直就像个佣人，难道你没看出来吗？他甚至还要陪着小家伙笑，太不可思议了，小凯的能量真是无限大，换成别人早就死八回了，甚至更多次。"秦副官乐观地估摸着。

"你是说，小凯跟着他会享受荣华富贵对吗？而且会像我对他一样好？"朱倩道。

"荣华富贵那是必然的事情。甚至不仅仅荣华富贵，还会有最好的教育，名流上层级的起点。要知道华东地区的首富兼行政院院长这样的人物，家里不仅仅是有钱的问题，你看那地毯上镶嵌的边沿了吗？那些全是金的。还有，你看楼下停的车子了吗？都是政府要员，国内名流和国外使节，应有尽有。"秦副官扬了扬头，下意识地整理了一下领结。

"按你这么说，小凯如果被他们养的话，就相当于时时刻刻含着金汤勺喽？"朱倩道。

"那是必然。"秦副官头也不抬地凝视前方道。

"他们那是在干吗？好像是很多人发现了小凯，我们能过去看看吗？"朱倩急道。

"不要轻举妄动，他们想干吗，一定会有人传过来，别心急。"秦副官淡定道。

"这是我的小儿子，虽然大儿子遭遇不幸，但老天爷待我不薄啊！你们看，他们像不像？"头发没有几根，脸盘白净的行政院院长指着孩童，逢人便说。

"简直太像了！好帅气的小少爷！院长虽然遭遇不幸，但福气实在是太好了，简直受上天眷顾！"很多人看到孩童后，再比对行政院院长儿子的照片，确乎有六七分相似。正因为如此，所以一进场就看到一堆照片的秦副官，直接说缘分，就是这个原因。现场几乎没有人会怀疑这个孩童与行政院院长之间的关系。

虽说以婚礼的规格为儿子办葬礼是一件十分悲痛的事情，然而从行政院院长的脸上来看，似乎并没有看出多少悲伤，更多的关注倒是被这孩童车上的"小少爷"给分去了。

"你能保证这行政院院长会一直对小凯好下去？"朱倩将信将疑

地叹道。

"只要他不死，好下去毋庸置疑，他的好运才刚刚开始，后面将会有更多飞黄腾达的机会。而且他生性周密谨慎，所以很多事都会考虑得很周全。前提是他要喜欢你，不喜欢的话，脾气就会暴露无遗，至于想整死一个人，对他来说，分分钟的事，简直太轻松了。"秦副官解释着。

听到他这么说，朱倩倒吸了一口凉气。

"大家不要吵，看一下就可以，小少爷蒙娜丽莎般的笑，谁看到谁好运。"院长非常开心地夸赞了起来，似乎儿子的死和这小子比起来，简直微不足道了。

"糟老头子夸得也太恶心了。我儿子的笑容是可爱好不好？什么蒙娜丽莎，那是女人好不好?!"朱倩摇头叹道。

"你别管他怎么描述，反正都是最美好的词汇，这个你就别纠结了。"秦副官道。

"好，那我就先听你的，静观其变！不过，我倒是要看看他有多大能耐。"朱倩不依不饶道。

刘玉坤也知道了陈长官的儿子被掠走的事。

只是他知道的途径，不是从三姨太朱倩那里，也不是从秦副官那里，更不是戚院长那儿。

而是，行政院院长亲自带着孩童来瞧病。

一见到刘玉坤的面，行政院院长就说他的宝贝儿子生病了，快点给他看看，多少钱都不是问题。

那天戚院长和芮老先生都不在，所以就找到刘玉坤的头上了。

刘玉坤察看了一番，原来是积食，应该是这行政院院长家生怕"小少爷"吃不好吃不饱，一次喂多了，本来孩童的消化功能就贫弱，时常吃多，就积食不化了，自然就难伺候了。刘玉坤开了两瓶西南联合医院制剂室自己配置的健儿清解液，只见他喂食了一药盖，积食情况顷刻药到病除。

见状，行政院院长立即拿了张万元支票签名赠送给了刘玉坤。

哪怕是刘玉坤执意推脱，对方还是深表谢意地赠予了刘玉坤。

一瓶价格低廉的药品，只因为能治好他最重视的人，不惜重金馈赠，足可见行政院院长对眼前这孩童的重视程度了。

当从刘玉坤的口中听到小凯被掠走的消息时，三姨太朱倩惊愕地凝视他许久，似乎想从他的脸上还有眉眼间看出什么端倪。这个事儿三姨太朱倩可是守口如瓶的。刘玉坤也不是私藏的人，将行政院院长给他的那张万元支票直接给了三姨太朱倩，说他也不需要什么花费，她们平时用钱的地方多，让她们不要太过于节俭而委屈了自己。

三姨太朱倩了解到这张支票是行政院院长带着小凯去瞧病，因为治好了病而惊喜的馈赠时，原本悬着的心才稍稍落了地。

"小凯不会受委屈吧？"三姨太朱倩还是忍不住问道。

"委屈的人，怕不会是小凯，而是那位老先生，或者那位管家了。"刘玉坤淡然又不失礼貌地说道。

"啊？怎么会这样？"三姨太朱倩简直要笑喷了出来。

"这就是缘分，我相信缘分。"刘玉坤笑道。

"你怎么也这么说？前几天秦副官也这么说！缘分？缘分！不会是孽缘吧？"三姨太朱倩摇了摇头感叹着。

"哈哈，怎么可能！通过这件事，你就会晓得这世界上什么叫一物降一物了！"刘玉坤用力地点了点头。

听到刘玉坤这么形容，朱倩也大概了解了情况。

看来行政院院长先生对待儿子的态度，甚至比她对待儿子都要好上不少呢！

单单从诊治好了一个孩童消化不良，就塞医生一万块支票的手笔，足以看出他是多么宝贝着这个孩童呢。

三姨太朱倩不是不思念儿子，在她纠结万分的时候，想起秦副官说的话，儿子在那个家庭那个环境，会有个更加不可思议的未来，自然是委屈一下自己，多迁就一下他了。

当然她也相信秦副官和刘玉坤的话，缘分这个东西谁又说得清楚呢，兜兜转转，说不定若干年后又转回来了呢！三姨太朱倩没事的时候，总是爱重复着这句话。她似乎也在祈祷着，有朝一日，这个儿子会在某个时刻与她再相认，与她再团聚。

在随后的时间里，三姨太朱倩嘴上说放下了，实际上却总是无法抹去心头的思念。

很多的时候，她会偷偷藏到行政院大院的门口，等候一辆车牌为JA008的黑色轿车停下来，每逢那个时候，那个矮胖的却和蔼的男子都会抱着小凯从车上走下来。那一刻哪怕看不清小凯的脸，但起码也可以远远地看着，哪怕是只看到背影，她心里也是满足的，也是温暖的。那一刻，她甚至嫉妒那个男子的权势，如果自己可以拥有的话，岂不是就不用这么艰难地与儿子相见了呢？

这些细节，不经意也都看在了秦副官的眼里。

有一次，他特地搞到了两份行政院内部聚餐会的门票。

门票上显示，一个礼拜后将会在行政院附近的酒店举行一次行业酒会。期间会见到行政院院长，以及他的家人，按照常规，他一定会带上被他称为有天使一般笑容的小少爷。

拿到门票的那一晚，三姨太朱倩兴奋得一夜未眠。

在随后的六天里，她几乎是夜夜失眠，夜夜梦到不同版本的相遇。

以至于聚会那天到来的时候，她的眼圈都是肿的。

只好化比较重的妆，才可以勉强遮盖住那大眼袋。

聚餐开始之后，果然顺利地见到了行政院院长那矮胖的身影，却久久没有见到他领着儿子出来跟大家炫耀。

那一刻，三姨太朱倩格外失落。

怎么也不会想到行政院院长居然说："今天小少爷不太高兴，可能不方便和大家相见。"

很多人都慕名想来见行政院院长明星一般的儿子，没想到却被这样放了鸽子，即便是内心深处失落，也只好认了。

或许院长也是个喜欢开玩笑的人，在大家失落到极致，准备酒会结束后就黯然离开的时候，只见那小王子一般的小少爷出现在了大家的面前。

这小少爷的面前，摆着一架量身定制的德国微型三角钢琴。

他的身高、他的掌指与之搭配得刚刚好，堪称天衣无缝，完美绝伦。

三岁半的小朋友指腹落在琴键上的瞬间，众人都惊呆了。

贝多芬的《致爱丽丝》。

完美流畅，宛如瀑布倾泻，又似山涧溪流，好像冰雪世界的晶莹。

那一刻，三姨太朱倩激动得热泪盈眶。

这可是个三岁半的孩子呀。

换作普通人家，这样的孩童会什么样呢？又懂什么呢?

随后的日子里，她发现行政院院长已经将儿子送去了贵族幼儿园学习。

这个时候，可以见到他的机会就更多了。

特别是课间的时候，老师会让学生到户外活动。

透过象牙白的栏杆，她可以看到在绿色草坪上玩耍的孩子。

总能在人群中一眼便认出她的小凯。

她甚至好多次都忍不住喊出他的名字。

可是，不凑巧的话，总会被老师制止，然后就是轰走。

再一次她又忍不住喊出了小凯的名字。

他竟然抬头望向了她。

那一刻母子对视有足足三秒钟。

仅仅是这三秒钟的对视，却让她兴奋了三天都不愿意洗脸。

生怕将眼里看到的记忆洗了去。

这个说法传出去，或许会有人说这个女子是神经病呢!

这样的话，三姨太朱倩也不是没听过。

但她不在乎。

她总是在自己的世界里，我行我素地生活。

秦副官对她的关心，完好地保留了这份纯真。

以至于多年后，她依然像个孩童一般可以放肆地笑，可以毫无顾忌地哭。

刘汉东策划组织的"烽烟医者"讲座空前成功。

不仅吸引了医院内的医护工作者，还有院校的领导，甚至医院的其他工勤人员、病患家属等也被吸引来了，原本校长不愿意给的空间，还是让了出来。后面的很多次活动都被安排在宽敞明亮的科技会堂。

精神矍铄的刘解放老先生讲完，台下一波波的掌声久久不能平息。

更多人被感动到泣不成声。

原本掩藏在内心深处的糟糕心结，也因此被治愈开解。

院长兴奋不已地上台握着刘解放的双手，甚至还与老先生紧紧拥抱。

他这个做法，将汉东大学附属医院，这个前身为西南联合医院、八四医院等医院的思想政治工作做到了无与伦比的空前高度。其中蕴含的医学、历史、人文、哲学等等思想，简直堪称包罗万象。

更加不可思议的是，那个前段时间院庆上因为薪资问题闹着要离职的周姓副主任，竟然是八路军官周孝先的嫡传子孙，听到爷爷辈的烽烟往事，不禁感动到涕泪满怀，怎么也不会想到自己与医院还有这等缘分。

"烽烟医者"讲座大受欢迎。

某天，汉东大学附属医院来了一个台湾专家团。

那个代表团的团长点名找刘玉坤。

团长早已满头银发，据说已经接近百岁高龄。

约莫是保养得当，看起来也不过七十岁左右的样子。

很多人不知道刘玉坤是谁，却知道最近有个老爷爷在医院上下蛮火，简直堪称思政网红达人。这位团长与这位叫刘解放的老爷爷多少有几分年龄上的接近，医院党办很快便促成了这次会面。

当此人出现在刘解放面前时，虽说迟疑了半天，但刘解放还是直接叫出了对方的官衔："秦副官！秦逸！"泪水顷刻模糊了他的视线。

"刘大夫，刘主任，刘玉坤，玉坤……不……还有……刘解放！"

就在这时，一个老妪搀扶着一个暮年男子走了过来。

"你是三姨太朱倩。"

刘解放瞬间就认出了那个老妪来。即便是容颜已经苍老，但她年轻时的轮廓依稀尚存。

"你是刘医生，你是刘玉坤？"

朱倩轻轻地咬了咬嘴唇，站在秦副官身边，她似乎还有些不好意思。

"他还叫刘解放。"秦副官补充道。

"哦！这个名字真是应景。刘解放，解放好啊！这么说秦逸，你要不要改名叫秦统一呀！哈哈哈……"三姨太朱倩歪着头望向秦副官，笑得依然像个孩子。

"要的！要的！下次请叫我诨名秦统一。"

秦副官做了个胜利的剪刀手手势，动作还像年轻时那般潇洒。

这时候三姨太朱倩特地拉了拉身边穿着西装，看起来六十岁左右的男子。

像是个艺术家，也像个官员。

"玉坤，解放，猜猜这个人是谁？"三姨太朱倩特地向刘解放介绍着道。

"这就是缘分，我相信缘分。"刘解放笑道。

三姨太朱倩刹那间泪奔："这么多年了，你还记得这句话呀？"

"当然记得！如果不记得，您二位还会过来找我吗？"刘解放笑着道。

"小凯，向刘叔叔问好，你小时候积食症还是他医好的呢！"三姨太朱倩向男子介绍着刘解放。

"您救了很多人，我只是其中的一个。"男子向刘解放鞠躬。

"我相信缘分，相信命运中的所有遇见。"刘解放笑道。

"我也相信，始终不渝地相信。"秦副官也跟着说道。

"西南联合医院还在吗?"三姨太朱倩忍不住问道。

"在，不过，经历过几个时期，如八四医院、第五军医大学附属医院等，现在叫汉东大学附属医院。就像我，虽然改了名字叫刘解放，但刘玉坤依然在，永远都在。"刘解放淡淡笑道，说话时望了望病房楼顶阳光照耀下的红十字。

PART ❺ 第5章

启　幕

刘解放的办公室，围坐着秦副官一家。

"你说咱们这么爱回忆，是不是真的老了？"

"不老不老，嘴上说老不算老，心老了，才是真的老了。"

"也是啊，咱们这么大岁数，旅行社都不收了，好歹有个专家团过来。"

"是啊！不然的话，想来一次，还真不容易。"

"对了，玉坤，咱们后天就要回去了。"

"这么快就要走？"

房间里，都是三姨太朱倩和刘解放在说话，秦副官和陈凯老老实实地听着。

"是啊，这次是公务，所以时间上无法通融。不过，在临出发前，我还有一个愿望。"

"啥愿望？讲来听听。"

"我想去看看香兰、亚妮、孝先他们。当然，还有南溪。"

"南溪……"

三姨太朱倩的声线忽然压低。

刘解放听到"南溪"两个字，口唇骤然僵住，双手都开始不听使唤地剧烈抖动。

秦副官和陈凯见状，吓得赶忙奔了过来，生怕老爷子念名思人，有个啥闪失。

"三姨太，这……"秦副官拍着朱倩的肩膀，急了口地叹道。

说完之后，立即抓着刘解放的手腕，与此同时，示意陈凯去叫医生。

刘解放似乎也意识到了他们的紧张，赶紧抽离了另外一只手摆了摆笑道："我没事，没事。"

"真的没事？"三姨太朱倩也深深地舒了一口气。

"当然没事，给你看样东西。"刘解放讳莫高深地回头笑了笑。

见着他满脸的神秘，朱倩和秦副官还有陈凯也转而来了兴致。

刘解放洗净了双手，小心翼翼地用纸巾擦揩干。

接着，满怀虔诚地从座椅一旁的朱砂色抽屉里取出了一款精巧的民国紫檀木质镜框。

自从上次摔碎了一次之后，刘解放每次端详时动作都格外轻柔。

透过镶嵌的釉色玻璃，可以清晰地看到里面微微泛黄的老照片。

四周修剪成相思梅花边的黑白相片上，一个相貌典雅的清丽女子跃然其上。

刘解放颤抖着枯枝般的掌指摩挲了好半天，还是没有停下来，三姨太朱倩便一把抢了过来。

双眸顷刻盈满了泪水，夺眶而出，肆意横流。

她紧紧地抓着相框，喃喃自语着，时而置面端详，时而紧贴胸口。

完全不同于前面的自若淡定，俨然一个情感闸门大开的老人家，诠释剧中人，更诠释着自己。

"南溪，南溪，姑姑好想你……"

"……"

整个下午的聊天话题，都没能从朱家的兴衰荣辱以及与祖国的历史进程绕开。

他们如数家珍地回忆了很多老朋友，彼此相约，有机会要去雨花台烈士陵园祭拜。

"要去看的人很多呢……"

"比如南溪、香兰、亚妮、孝先，还有救我一命的吴亚鲁，引领我进步的好兄弟成贻宾……"

"香兰虽说是二哥养女，但我们全家都视如己出啊，那时候她偷偷喜欢你，而且为了保护你和南溪……"

"是啊！香兰，那年才19岁，……"

"1949年8月，被当局刺杀。"

"贻宾兄弟，比她还要早一点……"

"成贻宾，1927年生于江苏宝应，1947年考入国立中央大学工学院电机系。南京解放前夕，积极参加中共地下组织及新民主主义青年社开展的护校迎解放活动，是中大进步社团——电社主要成员。1949年4月1日，为反对国民党顽固派'假和平、真备战'的阴谋，参加游行示威，被特务殴打，身受重伤。4月19日晨8时20分牺牲，年仅22岁……"

"被誉为'雨花台最后一位烈士'的就是他吧？"

"是的！除了他，那年走的，还有孝先。1912年7月生，曾是陈长官的新四军部下，性格敦良，心怀家国，最终战死在1949年9月解放前夜。当年，因被护士张亚妮救治，又因文化上的缘分，让两人越走越近，最终成为一对烽烟眷侣……"

"张亚妮比我虚长两年，1918年4月生，出身于书香门第，战争中家破人亡而改行做护士，与周孝先相识相知相恋。一个多才雅致的女子，编纂出版的许多医学典籍，至今仍在造福医疗事业。可惜了，1999年6月护理界先驱张亚妮教授永远离开了这个世界……"

"还有戚院长吧，中共党员，西南联合医院首任院长，国家卫生事业先驱，为人果敢仗义，又儒雅博学，为国家的卫生事业做出了卓越的贡献……"

"也不能忘了芮老啊，中医泰斗，芮氏家族骨伤传人。抗日救亡运动中的爱国医疗人士，捐献了全部家产，为当局购买飞机弹药，以国之存亡匹夫有责的责任感，投身烽火战局。后来在白色恐怖时期，不幸被恶人杀害……"

"是的！人民不会忘记，历史更不会忘记，还有千千万万个兄弟姐妹为了国家和人民的解放事业，血洒疆场……"

"……"

说到难过处，刘解放忍不住潸然泪下。

也不知是谁走漏了风声，陈光明院长和谢鹏程校长竟然要亲自设宴款待远方来客。

刘解放本要拒绝，却拗不过校院两级领导的盛情。

更大的原因，是陈院长和谢校长特别向老前辈汇报，他们是自掏腰包，不违反组织纪律，并且他身为副院长的儿子刘国辉被安排作陪。如此周到的安排，让刘解放不忍拒绝。

"这个小聚的主题呢，是谢师宴，刘老前辈一定要赏光。"

"谢师宴？搞得我真给你们上过课似的，其实没有吧……"

"这个，见面再说，见面再说。况且，还有啊，您好久没有见到国辉了吧？"

"倒也是，又差不多一个月没见到他了。"

"这么久？正好借此机会，让你们父子俩也多喝两杯。"

"更重要的，是欢迎咱们的同胞归来……"

陈光明和谢鹏程安排的私人宴会，在汉东省京州市江宁区一处不起眼的私房菜馆举行。

为了给刘老爷子更多惊喜，二位领导中途还喊来了他半路收编的"孙辈"刘汉东。

虽说都是些农家菜，却瞬间为刘解放带回了多年前的记忆。

这家餐馆的周遭建筑，很像是当年的陈家大院。

位列客座主宾的三姨太朱倩和秦副官以及陈凯，似乎与刘解放都能感同身受。

"你们俩啊，也太有心了！如果没说错的话，这处建筑几乎就是当年陈府复刻版啊！"

"是！是！是呢！我待会儿要去院子里转转，转转……"

三姨太朱倩说着，又是满眼泪光。

刘解放的眼眶早就红了，只是他隐忍着不让自己的情绪表达出来。

这一切都看在了陈光明院长、谢鹏程校长，还有刘国辉的眼里。

"别整得那么感伤，这几年国家发展日新月异，医院发展也蒸蒸日上！目前已经上了全国医院百强榜 TOP20！并且，介入与血管外科、重症医学科、核医学科、妇产与生殖医学科、泌尿科、消化科等一众科室都已先后跻身国内一流世界领先，而且还在持续突破与不断攀升……"刘国辉首先打破了低沉的气氛，掰着手指头了然于胸。

"对啊！老爷子当年医院挂职时，医院还未进入百强。五年过去了，汉东大学的发展也是突飞猛进，已跻身全球一流大学行列，与当年亚洲第一高校的辉煌似乎越来越近了。"谢鹏程校长也不无赞誉地说道。

"感谢刘前辈，感谢刘老师，救医院于水深火热，如今医院已经全面走上正轨，我和鹏程校长也即将卸任……"陈光明微笑着说道。

"你们俩说什么？"刘解放的目光透着一丝丝不可思议的神色，久久地凝视着他们。

"借着这个机会，特别向您汇报一下，即将上任的院长滕军先生，为介入界的首席科学家，这几年拿下了全球该学科大满贯奖项，为国内第一人、亚洲第二人获得该项荣誉，医院交给他管理，一定会更上一层楼，这是上级的指示，更是民意……"陈光明院长介绍道。

"滕军院长特别嘱咐我，盛邀您续任医院的文化顾问，如果您不肯，甚至会动用整个医院的院委会向您发邀请。"谢鹏程校长又补充说道。

"我都这么大年纪了，说不准什么时候马克思都要来安排我和老战友们见面去了……"刘解放深深地叹息了一句，虽没明说"不干"，起码已经委婉地告知了他的心思。

"您老放心，就算我谢鹏程卸任了，也会是汉东大学的顾问。至于光明，他也和我一样，卸任了会继续留任，他也做医院文化顾问陪着您。"谢鹏程一边帮刘解放沏茶，一边给他吃定心丸。

"这个……"刘解放迟疑了起来。

"没有您，八四医院就再也没有了……"陈光明说着，眼泛泪光。

"好！有我在，八四医院还在?"刘解放的眼神刹那间像个孩子。

"对！虽说现在叫汉东大学附属医院，但八四医院是咱们的根啊！有您在，就有根在！有您在，就有英雄在！有您在，就有定心在！有您在，就有奇迹在！有您在，无所不在……"谢鹏程将茶水端到了刘解放的面前，恭敬地说出一串排比句。

"少给我拍马屁。我继续干，继续干！"

刘解放忽而笑了起来，顷刻间宛若少年。

虽说一时间三姨太朱倩和秦副官、陈凯都插不上话，但从这些人的言语中，他们已经深切感受到了祖国斗转星移、一日千里的巨大变化，一时间更是听得泪流满面。

"玉坤啊！咱们的玉坤又回来了。"秦副官忍不住惊叹道。

"你笑的样子，还和当年一模一样！一模一样啊……"三姨太朱倩忍不住笑哭着。

……

私人宴会结束。

很快便迎来了汉东大学附属医院80周年院庆。

三姨太朱倩和秦副官一行特别申请了延长假期，未想到幸运获批，让他们有幸领略了医院发展的辉煌历程。

战地医院那会儿，刘汉东救治过的六七个病患后人，阴差阳错地成了这家颇负盛名的一流大学附属医院的员工。听到这个说法，三姨太朱倩惊讶之余，唏嘘不已，感动连连。

当年，她在战火中驾车去战地医院。

烽火中救治家人的往事，怎能忘记……

院庆在 38 层高的新住院大楼前盛大举行。

新任院长滕军先生致辞结束，并盛邀刘解放老先生呈现了一场"烽烟医者"特别版。

"我回到八四医院，不，汉东大学附属医院 5 年了。本以为这期间会追随马克思而去，为了不给医院添麻烦，我特别写了一封豁免书。感谢滕军院长的信任，如今看来，我这活化石还会续任，这么说那封信豁免信也会无限期延续……"

台下的医院代表安静地听着，不时爆发出一阵阵雷鸣般的掌声。

与 75 周年院庆相比，那些昔日医闹组织早已销声匿迹。

甚至有不少被这家医院救治过的病患，纷纷送来了锦旗。

围成了一道靓丽的锦旗墙……

大外科主任在这次改选中荣任副院长。

5 年前院庆时的那个胆囊手术，是一场与这家医院无关的乌龙事件。

党办主任和人事科科长，也因为政绩突出纷纷升迁。

这一刻，她们似乎才逐渐明白，刘解放这个令人讨厌的老头儿当年的良苦用心。

"老爷子啊，是八四医院的精神领袖……"

"是啊，当年好像有些错怪他了。"

"看来，时间是最好的良药。"

"当然，时间也是最好的试金石。"

"有些事如果现在看不透，还是不要轻易下结论。"

"有耐心的人，才配拥有未来……"

"……"

陈光明院长和谢鹏程校长没说错，滕军院长果然是一把好手。

上任伊始。

医院各项指标继续保持高速增长的同时，对一些拳头学科进行了大胆的创新。

对一些新型学科和个人，给予了大力的扶植。

短短几年内，汉东大学附属医院涌现了多个创新型科室。

最突出的明星学科，莫过于由刘解放创立，并由陈光明院长和滕军院长力推的医学文创科。

该学科，依托"文学也是一味药"的理念成立，背靠国字头业内组织中国医师协会医学与文学工作委员会精神引领。

这一组织自 2019 年 3 月 1 日正式成立，迅速成为中国首个行业协会搭建的医学与文学跨界对话平台。主旨是促进医学人文精神回归，加强医学与文学的互融途径及其作用的学术研究，搭建好医学与文学互融平台，促进医学与文学的交流、合作与推广，希望该平台成为转化医学人文的载体，使研究成果进入医院管理和医学教育课堂。服务患者，让医患感受到医学人文的温暖。引导医务人员和医疗卫生事业的管理者，不断提升文学修养与人文知识水平，提升职业技能，增强人文管理意识，关心和维护好医务人员的身心健康，促进医疗卫生事业的健康发展。

某天，有媒体问了刘解放一个问题，"医院发展的终极是什么？"

"医院发展的终极，不仅是技术，更是艺术！

这个回答，迅速席卷了整个医疗行业的报端和各大门户网站医疗版首页。

他大力组织，不断招募本院人文医生加入这一新兴科室。

由多重身份的神秘人物风清扬领衔，执导拍摄了大量的医疗纪录片和剧情片。这些代表着医疗界新形象的影片，如同一股清新的旋风，迅速席卷整个医疗界。

这些兼具医疗科普与真挚泪光的剪影，火速跻身卫视和网络平台全媒体收视排行榜。

这其中，有关于介入与血管外科、关于重症医学科、关于核医学科……

同时，在极短时间内同步输出海外。

一度让"亚洲医疗剧之王"的日本同行大为震惊。

有机构预言，依照目前态势发展下去，未来二十年，霸屏的专业级医疗剧，不是来自影视界，将会全部来自这家八匹医院！

来自医学文创科，来自刘解放，来自风清扬！

……

汉东大学附属中大医院医学文创科摄制的关于本院 ICU 的影片，刚在 CCTV3 播放不久，医院便接到了国家卫健委指示。

迅速抽调 ICU（重症医学科）顶级专家刘国辉，进驻武汉一线，参与新型冠状病毒性肺炎的指导与救治工作。

2020 年初春，武汉新型冠状病毒性肺炎疫情爆发。

自 1 月 23 日宣布封城的那一刻起。

一座英雄的城市顷刻间犹如一座寂静之城、静止之城。

当地医疗机构一边要面对不断激增的确诊与疑似病例，另一边还要面对物资匮乏死亡病例攀升的巨大压力。

刘国辉与他的母校同仁一同整建制接管金银潭医院。

以武汉为中心的整个湖北，向党中央发出了求援。

习总书记强调："武汉胜则湖北胜，湖北胜则全国胜。稳住了湖北疫情，就是稳住了全国大局。"

湖北和武汉是疫情防控的重中之重，是打赢疫情防控阻击战的决胜之地。

全国各地的医务工作者，散是满天星，聚是一团火。

援助武汉、援助黄石的队伍迅速组队！

远在华东的十朝都会京州市积极响应，于 1 月 24 日除夕夜第一时间集结了一支 147 人组成的首批汉东省驰援湖北医疗队，1 月 25 日大年初一，胸怀着民族大义的汉东省逆行者们如同一团炙热火焰火速出征武汉。

紧接着第二批、第三批……第 N 批！

截至 2020 年 2 月 17 日，汉东省派往湖北支援医护人数达到

3182 人。其中汉东省京州市江宁区的医务人员多名。

全国各地驰援的医务英雄，已超过 4 万人。

汉东大学附属医院，为三甲医院实力排行榜重症医学专科全国综合排名第一的医院，先后派出了 15 批精兵强将支援疫区。其中包括，在疫情发生后，1 月 19 日便与多位院士一道先期抵达的国家医疗救援专家组重要成员、著名重症医学专家刘国辉教授，在省内飞来奔去指挥救治的汉东省卫健委新型冠状病毒性肺炎医疗救治专家组副组长、该院重症医学科主任杨教授，还有被紧急抽调到金银潭医院的国家医疗救援队队员、该院重症医学科主任医师潘医生，以及呼吸科知名专家丁博士……

汉东省驰援的队伍中，也出现了刘国辉的重症医学在读博士生刘汉东的身影。

这家伙在向刘解放汇报完毕后，便主动请缨奋战一线。

很快他便被组织批准，接受党组织的调遣，前往金银潭医院参与重症救治。

刘国辉教授带领的汉东大学附属医院重症医学科，已成为华东地区规模最大的综合性 ICU，是省内乃至全国重症患者的救治中心。

重症医学，堪称是临近"鬼门关"最后的"救命场"！

在新冠肺炎疫情肆虐的湖北，尤其是重症、危重症患者集中的武汉，再一次成为刘国辉的"主战场"。

重症收治医院，是"前线中的前线"，刘国辉冲在战场的最前方！

俯卧位通气，是刘国辉和大家总结出来的对重症患者有效的呼吸治疗。

操作时，要将插管患者翻身，这样的"力气活"，刘国辉跟专家组亲自上阵，一起动手。

"ICU 里几乎所有的重症患者都是'盯'出来的！"

"呼吸机和各种器械、用药剂量一点一点调，不然人就没了。"

刘国辉总喜欢这么一遍遍地叮嘱着。

在新冠肺炎的治疗里，气管插管是在无创呼吸机使用无效后的急救方法。

这最有效的办法，却也是最危险的操作。

有人曾把插管组比喻成敢死队！

医生做这个动作时距离患者非常近，在气管切开那一瞬间，胸腔气流会携带病毒喷出……

即使有层层防护，也有感染风险。

但是，刘国辉教授从来都毫不犹豫地冲在前面。

除此之外，白天临床治疗，晚上研讨诊疗方案，这是刘国辉这些时日以来全负荷的工作节奏。在专家组成员夜以继日的努力下，不到1个月的时间，新冠肺炎诊疗方案已经更新了六版。很多最新的治疗方案，通过论证将被写进第七版。

"这里的七层是医院原本的ICU，五层和六层是改造而来的重症病房。"

"病情最严重的患者，上了ECMO（extracorporeal membrane oxygenation，体外膜肺氧合），上了血液透析，所有顶级生命支持手段全部用上。"

能在1个小时内，甚至在团队人数十分紧张的情况下成功装上ECMO，是硬核实力。

"患者能否上ECMO，都有明确的指征。"

"它是一个风险和受益并存的操作。"

"甚至可以说，在有些时候，风险大于获益。"

对于大家口中的这款"救命神器"，刘汉东在接受媒体记者采访时表达了自己客观的态度。

刘汉东还说，ECMO是最后的救命手段，但如果有可能的话，他希望能把患者的病情逆转在使用ECMO的节点之前，使用常规和挽救性治疗能够逆转病情而不需要实施ECMO治疗，反而是最好的结果。把病情逆转在使用ECMO之前，新冠肺炎留给医生的时间并不多。

一个身体各项指标还不错的患者，可能第二天就进展到重症，哪怕是和重症打惯了交道的医生，在面对患者出现断崖式"崩塌"的状况时也常常措手不及。

"我们发现患者肺部损伤比细菌性肺炎要重，呼吸衰竭进展得也非常快，从鼻导管、高流量、无创通气，很快就会进展为有创的机械通气，同时还会合并多器官功能损伤。我相信患者没有突然发生的病情变化，只有突然发现的病情变化，但对于新冠肺炎，身体状况崩塌这个'拐点'的信号可能还没有被完全掌握。所以，重症医师对于重症患者的观察和监测需要'关口前移'，这样才能有效阻断患者病情的恶化。"

除此之外，刘汉东还讲了金银潭医院重症病房的一些细节。

"按照重症监护室的人力配比，医生跟患者的比例应该是0.8：1，护理应该是2.5：1。"

"我们病区的人力，还是很欠缺！"

"依照病区里有20个重症患者来算，医生得有16人，护士得有50人，而我们总共只有13个医生，40个护士，刚到武汉时人手还要更少，除了重症患者外，我们还要照顾病情相对轻的患者。防护服一穿五六个小时，挑战身体的极限，渴到一口气能喝下四五瓶矿泉水……"

依然坚守医院的刘解放，全程收看了对刘汉东的这一辑采访。

刘解放老爷子也因此将"拐点""关口前移"这些关键词特别写进了备忘录。

……

在武汉期间，刘国辉和专家组成员多次当面向上级领导汇报工作。

一些建议当场拍板，迅速实施，成为打赢武汉战疫的关键之举。

2月初，武汉新冠肺炎新增患者快速增加。

在社区走访中，专家组早早关注到了居家隔离的风险。

"在汉口医院发热门诊，每天接待400～500名发烧患者。这些患者散落在家庭中非常危险。"

专家组立即建议，改造武汉的宾馆、体育馆，作为收治轻症患者的场所。

"要床等人，不能人等床!"

刘国辉解密说，这就是建设方舱医院之前最初的构想。

刚到武汉，刘国辉负责巡查定点收治新冠肺炎的 3 家医院，重症病房一床难求。

他向上级领导汇报时，建议重症医学科、呼吸科专家下沉到重症病房担任医疗组组长。

这条建议很快落实，大批专家迅速下沉，更多重症患者得到了及时有效的治疗。

重症患者缺床位、缺 ICU 医生……

根据病情演变及患者急剧增加的现状。

刘国辉教授和专家组成员又向有关部门紧急建议。

除了 3 家定点医院外。

武汉市区大型综合医院也应以收治重症患者为主。

同时调度全国重症医学团队驰援武汉。

这条建议，很快为亟须救治的重症患者腾出了 1000 多张床位。

全国各地医疗力量大面积驰援湖北的局面也迅速形成。

调动的医疗力量，已经远远超过汶川地震。

专家下沉、全国驰援、方舱医院!

大局渐定之时，回过头再看，这 3 条极具战略意义的建议，为抗"疫"战决胜打下了坚实基础。

汉东大学附属医院作为京州市四家新冠肺炎定点收治医院，全体医务工作者以及机关后勤人员始终坚守在第一线，与祖国和全体人民一道全身心地投入到这场国家战疫。

刘国辉在坚守武汉 100 天后，武汉重症清零。

全国多地疫情一片向好，直至全部清零。

在一片祥和的胜利大背景下，汉东大学附属医院迎来了85周年院庆。

全省首家互联网医院！

汉东大学附属医院云上医院！

数百位顶级专家，面向全省乃至全国人民开展线上免费咨询与看诊……

此刻，有数据显示，汉东大学附属医院在去年全国三甲医院排名TOP10，以及汉东省TOP1的基础上，院庆当日在整个亚洲医疗行业的排名已进入尖端行列。

谢鹏程校长向滕军院长表达了祝贺，也对前任院长陈光明表达了感谢。

这不仅是医院的进步，也是大学的成就，更是八四医院精神传承的成功。

刘汉东说：冷月如霜铁马冰河，若不是战火，谁愿意流离失所……

刘国辉说：医疗发展到今天，已经实现了总是去治愈，偶尔去安慰……

刘解放说：战乱救国，和平救人，共产党人当以鲜血与生命报效祖国。

（全书完）2020.06.02